상처받지 않을 힘

이 희 수필집

정신과의사가 들려주는 마음 이야기

상처받지 않을 힘

저자 이 희

문학시티

마음 산책길

　서재에 그림을 한 점 걸어놓았다. 산봉우리들이 여러 개 있고 왼쪽 위 봉우리 뒤편에서 화폭의 중앙을 향해, 다시 왼쪽 아래를 향해 봉우리들 사이로 구불구불 하면서도 퍽 가파르게 뻗어 내린 산길이 화면 아래쪽에 이르러 오른쪽으로 평탄하게 이어져 있다. 길에는 그림의 중심부분 가까이에 만세를 부르는 사내아이와 백을 든 여자가, 조금 떨어져서 여자아이와 남자가 산을 오르고 있는 그림이다. 산길은 푸르스름한 빛깔로 연하게 칠해져 길 위에 사람들이 없다면 냇물로 오해했을 것 같다. 오른 편에는 연못에서 낚시하는 두 사람도 보인다. 그림 제목은 '뒷山 산책길'인데 마을은 멀리 조그맣게 그려져 제법 깊은 산 속처럼 보인다. 처음 이 그림을 보았을 때 봉우리 뒤로 길을 따라가면 무의식에 닿을 것 같았다.

　정신과의사가 된 후로 줄곧 무의식을 관찰해 왔다. 진찰을 해도 병명과 함께 정신역동-환자의 심리에 대해 적어야 했고 이 부분에서 무의식이 중요한 위치를 차지했다. 그것은 보이거나 들리거나 만져지지는 않지만 모든 말과 생각과 행동에 영향을 미치고 있으니 환자를 한 사람으로서 이해하려면 없어서는 안 될 부분이다. 지그문트 프로이트는 무의식 안에 든 내용을 자유연상이라는 방법으로 찾아내어 치료하는 정신분석이라는 치료기술을 창안했다. 마음속에 떠오르는 생각들을 여과 없이 말하고 그 것들을 자료로 무의식을 알아보는 방법이다. 면담 시간은 내가 알지 못하고 지내던 나, 무심히 관심 두지 않았던 나를 만나는 시간이다. 나를 새롭게 발견해서 이해하고 자기 스스로 만든 제약을 넘어 창조적인 새로운 길을 찾아보는 시간이다.

사람의 마음에 관심을 가진 것은 정신의학보다 철학이, 종교가 먼저였다. 축의 시대 이래 종교와 철학은 사람의 마음을 탐구해서 정신을 고양시키고 삶을 풍요롭게 하는 지혜로운 가르침을 전해주었다. 성인과 철학자들이 쌓아놓은 지혜는 병적 현상을 주로 다루는 정신의학으로도 이어지고 있다. 서양 철학뿐만 아니라 동양의 지혜 역시 현대적 뇌과학의 관점에서 재해석할 수 있는 부분이 많다고 생각한다. 단어와 문법은 달라도 사람의 마음이라는 같은 대상을 다루는 분야이어서 공통된 부분이 많기 때문이다. 최근에는 비약적으로 발달한 뇌과학이 예전에 없던 새로운 지도를 그리고 생물학적 지식과 연결하여 마음을 통제하는 효율적인 방법들을 추가하고 있다. 예를 들어 계속 새로 나오는 약들은 힘들이지 않고 증상을 조절하는데 도움을 주고 있다. 고민에 싸여 불면증에 시달릴 때 약으로 고민을 해결하지는 못해도 잠이 오게 만들 수는 있게 된 것이다. 약은 놀랍게 발전해 안전하고 간편한 해결책이 되었지만 아직 모든 증상들을 다 없애지는 못하고 있고 고민을 해결하려면 여전히 무의식을 다룰 수밖에 없다.

이제는 사람이 새로운 종의 동식물을 만들고 인공지능을 만들어 함께 살아가는 시대가 열리고 있다. 그럼에도 불구하고 자기 자신에 대해서는 여전히 잘 모르고 잘 통제하지 못 하고 있는 것이 현실이다. 마음은 쉬지 않고 변화하는 외부의 자극에 적응하기 좋은 구조를 이루어야 한다. 사랑과 미움, 안정과 변화처럼 대립되는 힘들이 균형을 이루면서 평형을 유지해 나가야 하는 것이다. 평형이 이루어지는 지점은 사람마다 다 다르지만 환경의 변화에 좀처럼 흔들리지 않는 평형을 이루는 것이 중요하고 평형이 흔들렸더라도 곧 회복할 수 있는 회복탄력성을 갖출 필요가 있다. 마음을 안정적으로, 창조적으로 운용하는 것이 삶을 풍요롭게 만드는 길이라고 생각한다. 요즘 같이 진료실에서 왕따와 멸시 조롱의 말과 댓글 같은 일로 상처를 받은 사람들을 자주 만나게 될 때에는 더욱 그런 생각을 하게 된다.

그 동안 마음에 대하여 썼던 수필들을 모아 한 권의 책으로 엮었다. 복잡하기 그지없는 마음을 설명하기에는 턱없이 부족하지만 마음 속 뒷산 산책길에 자주 보이는 풍경들을 몇 가지 스케치한 것들이다. 조금 자세히 그린 곳도 있고 그냥 지나친 곳도 있다. 뒷산을 산책하듯 가벼운 마음으로 읽으면서 마음에 대해 한 번쯤 돌아보시기 바라면서 썼던 글들이다.

이 글들은 문학지 「수필시대」와 「문학미디어」에 실었던 글들이다. 오래도록 글을 실어주신 문예지에 감사를 드린다. 성기조, 박명순 두 분 선생님들의 후의와 격려가 없었다면 이 글들은 태어나지 않았을 것이다.

차례

1. 위험한 장난

2. 소피아

차례

3. 마음 속의 강

4. 시작과 끝

차례

5. 사과 이야기

6. 품위 있는 사회

1
위험한 장난

'네가 받고 싶지 않은 대우를 남에게 하지 말라.'

- 공자

위험한 장난

일요일 오후에 가볍게 운동을 하려고 집 근처 학교 운동장에 나갔더니 사람들이 많지 않아 산책하기에 좋았다. 운동장 주위를 몇 바퀴 돌다가 쉬려고 벤치에 앉았는데 젊은 부부가 어린 아이 둘을 데리고 와 가까운 데 앉았다. 큰 아이는 이리저리 뛰어 다니고 작은 아이는 엄마 곁에 붙어 앉아 있더니 얼마 지나지 않아 엄마 아빠 근처를 빙빙 돌며 걸어 다닌다. 혼자 뛰어 다니던 큰애가 슬그머니 다가오더니 발을 살짝 내밀어 작은아이가 걸려 넘어졌다. 아이는 울지도 않고 벌떡 일어나 계속 걸어 다니고 큰애는 소리 내지 않고 웃다가 저희들이 놀고 있는 모습을 보고 있는 나와 눈이 마주치자 당황한 듯 멋쩍은 웃음을 짓더니 멀리 뛰어갔다. 짓궂은 아이인 모양이다.

어제 왔던 중학생이 생각났다. 3층 교실에서 친구의 책가방을 창밖으로 내던져서 1층 화단에 떨어졌단다. 그 친구와 싸움이 나서 선생님한테 꾸중을 들었다면서 애들끼리 장난인데 뭘 그러시는지 모르겠다고 했다. 내가 좀 심했다든지 미안하다든지 반성하는 기색이라고는 조금도 없어서 들으면서 짓궂은 장난인지 괴롭힌 건지 아이가 판단력에 문제가 있는 건지 시치미를 떼고 장난이라고 우기는 건지 머릿속이 분주했다. 아이를 보내고 나서도 혹시 상대가 왕따라면? 하는 생각에 마음이 무거웠다.

　　내가 그만한 나이였을 때는 시골에서 자란 아이들한테 참외서리 이야기를 듣곤 했다. 저녁을 먹고 나가 놀다가 캄캄한 밤중에 출출해지면 몰래 참외밭에 숨어 들어가 몇 개 따다가 냇물에 씻어 먹으면 그렇게 맛이 있다고 했다. 어쩌면 들킬까 조마조마해서 더 재미있었을 것이다. 들키면 밭 주인한테 참외값을 물어준 아버지한테 경을 칠 테니까. 서리하면서 개구쟁이들의 장난이라고 여겼겠지만 지금 생각해보면 그렇게 쉽게 넘길 수 있는 일인지 모르겠다. 머리가 굵어지면 그런 짓은 하지 않고 만약 성인이 그런 짓을 했다면 평판은 물론 법적인 문제까지 되기 십상이다.
　　가게에서 슬쩍 초콜릿 하나를 돈을 내지 않고 집어가는 아이도 있다. 장난 삼아 그런 짓을 하는 아이도 드물고 거듭하면 비정상적인 정신상태로 '품행장애'라는 정신과적 진단이 붙는다. 그런데 여러 해 전에 고등학생 수십 명이 편의점에서 물건을 마구 집어간 일도 있었다. 기사에 나온 것을 보면 야외수업을 갔다 오던 학생들이 물건을 사러 들어갔다가 카운터에 있는 종업원들이 하나씩 계산하다 보니 시간이 오래 걸리자 그냥 들고 나와버린 것이다. 종업원들이 안 된다고 고함치며 말렸지만 군중심리에 대부분이 따라서 들고 나와버리니 가게가 학생들에게 털린 결과가 되고 말았다. 학교에서 가게에 배상

하는 것으로 마무리된 것으로 기억하지만 학생들이 한 행동은 약탈과 다름이 없다.

　요즈음 군대에서도 선임병사가 후임을 지속적으로 괴롭히고 성추행까지 하다가 후임병사가 사망한 사건이 발생하여 사회적인 파장이 컸다. 군대라는 특수한 환경이 계급이 높아지면 낮은 병사를 괴롭히기 좋은 상황이어서 군에서 부당한 일을 당한 경험이 있는 사람들이 많다. 사람들의 행동은 상황의 지배를 받는다. 사회심리학자인 리 로스 교수도 '개인의 도덕적이거나 부도덕한 행동이 고정된 성격적 특성 때문이라고 생각하지 않는다, 그 것은 그가 언제 어디서 누구하고 함께 있는가가 훨씬 더 중요하다'고 했다. 스탠리밀그램 교수의 죄수 고문 실험에서도 65%의 사람들이 실험자의 명령에 복종해서 죄수가 죽을 수도 있는 수준의 고문을 했다. 선임이 후임을 괴롭히는 것이 관행이 되어 버린 군대 같은 상황에서는 권력이 센 병사가 약한 병사를 잔인하게 괴롭히는 건 그가 특별히 악한 사람이라서가 아니라 상황 탓이기에 보통 사람인 병사들 사이에 가혹행위가 대물림하게 되는 것이라고 설명할 수 있다.

　사람은 날마다 장난도 하고 잘못도 하고 산다. 문제는 이 모든 상황에서 장난과 잘못, 해도 되는 일과 해서는 안 될 일 사이에 명확한 구분이 없는 것이라고 생각한다. 예를 들어 이슬람교 신자인 외국인에게 속여 돼지고기를 먹인 일도 있었다. 남의 종교적 계율에 대한 존중하는 마음이 조금이라도 있었다면 할 수 없는 '장난'이다. 상대가 격분해 큰 싸움이 벌어질 수도 있고 자칫하면 종교적 공분을 일으킬 수도 있는 위험한 일이다. 미국에서 SNS에 테러를 하겠다고 썼다가 FBI에 체포되자 장난이었다고 한 유학생은 재판을 받게 되었다. 장난으로 넘길 수 없는 말이 있다는 것을 몰랐던가 보다. 친구끼리 놀다가, 즐겁게 술을 마시다가 싸움으로 끝나는 경우의 대부분은 장난과 잘못 사이를 아슬아슬하게 넘나들다가 일어나는 일이다.

잘못에 대하여 명확한 구분이 없을 때는 그저 남들이 다 하면 따라 하고 남들이 하지 않으면 자기도 하지 않는다. 선이 분명치 않을 때는 물론이고 죄수 고문실험처럼 분명할 때도 그렇다. 사감과 규율이 없으면 기숙사는 그대로 약육강식의 정글이 된다는 것은 잘 알려진 사실이다. 관행이라는 이름이 선을 넘은 행동들에 면죄부를 주면 더 쉽게 선을 넘는다. 그러니 중요한 것은 명확하게 선을 긋고 넘지 못하게 상황을 만들고 감독하는 것이고 선이 분명치 않거나 없을 때에도 상식적으로 지켜야 할 선을 넘지 않게 아기 때부터 가르쳐 시민의식을 기르는 것이라고 생각한다. 세 살 버릇 여든까지 가는 법이니까. 상식적인 선이라고 할 보편적인 기준이라는 게 있느냐고 묻는다면 2500년 전부터 우리 모두가 알고 있는 말을 상기시키고 싶다. 그것은 공자님께서 '네가 받고 싶지 않은 대우를 남에게 하지 말라.'고 하신 말씀이다.

왕따

지난 겨울 괴롭힘을 당하던 중학생들이 연이어 삶을 포기하여 사회에 충격을 주었다. 그 아이들이 그런 선택을 할 수 밖에 없었던 괴로웠던 삶이 드러나면서 충격은 한층 더 커졌다. 그들이 당한 괴로움을 보면 중학교 1학년, 아직은 악의 없는 아이들 장난이라고 생각하던 어른들이 얼마나 안이했는지 가르쳐 주었다.

어쩌다가 아이들이 이렇게 되었을까? 아이들은 어른의 거울이니 우리 사회의 모습이 고스란히 담겨 있을 수도 있다. 우리보다 먼저 이지메가 사회적 문제가 된 일본에서의 연구 결론도 이지메는 성인 사회의 정치구조를 반영한다는 것이니 분명 어른들이 잘못된 본을 보였을 것이다. 아이들이 많이 보는 예능 같은 티비 프로에서도 강자가 약자를 짓밟으며 웃음의 소재로 삼는 일이 너무 많아 철없는 아이들이 흉내 낼까 걱정될 때가 많다. 컴퓨터게임들도 폭력적이고 잔인한 내용이 많다. 상대를 죽여야 하고 잔인하게 죽일수록 더 많은 포상을 받는 게임들은 잔인한 행동에 대한 혐오감을 마비시키고 오히려 미화하게 되면서 마음을 황폐하게 만든다. 사이버세계에서야 고통스럽게 죽어가는 상대도 인간이 아닌 캐릭터일 뿐이고 리셋 한 번이면 다 되살릴 수 있지만 게임에 몰두하다 보면 현실과 게임의 경계가 모호해지는 불행한 사태가 생기기도 한다.

괴롭히던 아이들의 악랄한 행태가 밝혀질수록 어른들은 그 동안 무엇을 하고 있었나 자괴감을 느끼지 않을 수 없었다. 부모와 교사들이 관심을 가지고 지켜 보았다면 막을 수 있었지 않을까? 아이들은 또래 아이들과 있었던 일들을 어른들에게 다 말하지 않고 숨기는 경향이 있지만 부모나 교사에게 의지할 수 있었다면 극단적인 행동을 하기 전에 말을 하고 도움을 청했을 것이다. 어른들은 아이들끼리 장난이겠지, 내 아이는 괜찮겠지 하고 안이하게 생각하고 회피했기 때문에 아이들을 보호할 수 없었던 것이다.

우리는 아이들은 착하다고 믿고 싶어한다. 사람은 본래 착한데 나쁜 물이 들어서 악해지는 것이고 아이들은 아직 때가 묻지 않았다고 믿고 싶어한다. 사람에게 본래는 착한 마음만 있고 악한 마음은 없을까? 프로이드는 세계 제1차 대전의 참혹한 살륙을 겪고 나서 공격심을 죽음의 본능이라고 하여 인간의 본능 중 하나라고 하였고 페어배언은 공격심이 본능은 아니지만 본능과 같은 동력을 가지고 있다고 하였다. 사람에게는 본래 사랑하는 마음과 미워하고 해치려는 마음이 다 있다는 것이다. 만약 아이들이 다 착하다고 믿고 가르치지 않는다면 이번에 보았듯이 아이들은 정글의 법칙에 따라 살아가게 된다. 어린 아이일수록 자아가 약하고 판단력이 미숙하여 유혹에 약하기 때문에 지도와 교육이 더 많이 필요하다.

우리나라는 교육열이 높은 것으로 유명하다. 대학 진학률이 높은 것은 물론이고 유치원에 가기도 전부터 교육에 힘써 초등학생이 되면 공부하는 시간이 다른 나라의 고등학생과 같다고 한다. 그러나 그 교육이 지식을 늘리는 것에 치우쳐 아이의 정서를 함양하고 품성을 높이는 데에는 관심이 적은 것이 문제다. 감성교육을 말할 때조차도 본래의 교육 목표보다 경쟁에 유리함만을 강조하여 말한다. 사회는 경쟁만으로는 존립할 수 없고 상생과 경쟁이 병존해야 사회가 발전적으로 유지될 수 있다. 서로 존중하고 배려하는 마음을 가지도록 인성교육이 필요한 것이다. 장애가 있는 상대를 놀리고 괴롭히지 않고 자기와 다른 점이 있는 아이를 차별하지 않도록 가르쳐야 한다. 인성교육은 가정에서부터 시작되어야 하고 학교에서도 계속 이어져야 한다.

지금 제일 시급한 것은 희생자가 더 나오지 않도록 피해를 당하고 있는 아이들을 보호하고 돌보는 것이다. 피해자를 압박해서 가해자로 만들어 또 다른 피해자가 나오는 피라미드 같은 사슬이 만들어져 있는 형편이라 정확한 상황파악조차 쉽지 않지만 더 이상 회피하지 말고 문제를 해결해야 한다. 가해자들을 선도하는 문제도 효과적인 대책을 마련해야 한다. 응분의 제제와 교육이 병행되어야 가능한 일이지 그들도 보통 아이들이라는 막연한 낙관과 포용만으로는 아이들이 바뀌지 않는다. 제제와 포상의 원칙을 명확하게 세우고 지속적으로 시행해야 바꿀 수 있다.

근본적인 해결책은 또래문화를 바꿔 아이들을 건강한 시민으로 키워내는 데에서 찾아야 할 것이다. 유아교육에서부터 다른 사람에 대한 존중과 배려를 교육목표로 정해서, 또래 문화가 피해자의 편에 서면 같이 피해를 받는 구조가 아니라 가해자의 편에 서면 같은 가해자로서 지탄을 받는 구조로 바뀌어야 문제가 해결될 것이라고 생각한다. 피해가 두려워 가해자의 편에 서면 자기도 잠재적인 피해자가 되는 위험한 일이라는 것을 깨닫게 해야 한다. 북구 어느 나라에서는 중립적인 아이들이 피해자 편을 들도록 가르친다는 말을 들었다.

아이들에게 상생과 경쟁을 함께 가르치려는 사회적 공감대를 형성하고, 어른들이 아이들에게 좋은 본을 보이려고 노력하는 것이 아이들의 희생을 헛되지 않게 하고 그 부모들의 슬픔을 조금이나마 위로하는 길이 될 것이라고 생각한다.

관심병사

　요즘은 사고가 유난히도 많이 일어나 하나가 마무리되기도 전에 또 다른 사고로 사람들의 관심을 돌리게 한다. 오늘 뉴스에는 임병장 사건 조사결과가 발표되었다. 며칠 전 임병장이라는 병사가 휴전선 DMZ 앞 초소에서 수류탄과 총으로 동료들과 상관을 5명이나 사살하고 9명에게 부상을 입히고 달아났다가 체포된 사건이다. 조사결과 그는 동료들의 무시와 조롱을 이기지 못하고 제대를 몇 달 앞두고 끔찍한 사고를 일으켰다고 한다. 그는 세 번이나 포위망을 뚫고 달아났고 아군끼리 오인 사격으로 부상자가 나기도 했다.

　뉴스에서 그를 격분하게 해서 사건의 도화선이 된 낙서 그림 두 장을 보았다. 한 장은 허약한 팔다리에 배만 볼록 나온 '라면병사'였고 다른 한 장은 엉뚱하고 어리숙한 캐릭터인 '스펀지밥'이었다. 그는 마지막으로 해골 그림을 보고 폭발했다고 알려졌는데 어떤 그림인지 궁금해진다. 그 외에도 근무일지 표지 뒷면과 초소 벽에 그림 낙서들이 아주 많았고 보도마다 다르지만 그 낙서들 중 적게는 삼분의 일에서 많게는 반 이상이 임병장을 조롱하는 그림들이었다고 한다.

왜 그런 낙서들이 그리 많았는지 생존자들의 해명을 들어 보아야겠지만 낙서 그림들이 그 한 사람만이 아니고 다른 사람들에 대한 것도 있었으니 아마도 마땅히 놀이거리를 찾기 어려운 환경에서 서로 놀리며 놀았던 게 아닌가 추측해볼 수 있다. 그러나 한 사람에게 그렇게 많이 집중되었다면 그림 낙서 외에도 그가 어떤 취급을 받았을지 생각해보아야 한다. 본인은 심한 조롱과 수모를 당했다고 주장할 터이고 피격 당한 사람들은 그런 일 없다고 주장할 테니 진상을 밝히기는 쉽지 않을 것이다.

인터넷에는 그가 저지른 범행에 대해서는 이론이 없지만 그를 동정하고 괴롭힌 병사들을 비난하는 의견들도 있고, 그가 용서받지 못할 모자란 사람으로 비난하는 의견들도 있고 그나 괴롭힌 병사들이나 양쪽 다 잘한 게 없다는 양비론을 펼치는 의견들도 있다. 그리고 이런 관심병사를 군에 복무하게 하는 제도와 어설픈 관리를 비난하기도 한다.

각자 의견은 다르더라도 이 사건으로 관심병사 문제가 사람들의 주목을 받게 되었고 군 당국에서는 아예 관심병사의 관리체제를 바꾸고 현역으로 소집 대상에서 면제하는 정신질환자의 범주를 경증 환자에게까지 확대하려는 방안을 검토하고 있다고 한다. 그렇게 하면 어떻게든 군대에 가기 싫어 수단과 방법을 가리지 않는 사람들에게 문을 넓혀주는 결과가 될 테지만 부적합한 청년을 입대시켜 놓고 관리에 골치를 앓는 것보다는 훨씬 현명한 대책이 될 수 있을 것이다.

그러나 이런 것들은 다 당장의 문제일 뿐 장기적이고 근본적인 대책이 아니다. 전쟁은 특출한 병사 몇이서 수행할 수 있는 일이 아니다. 부대의 모든 병사들이 팀을 이루어 맡은 바를 다할 때만 전투에 승리할 수 있는 것이다.

전에 외국잡지 어디선가 읽었던 이야기가 생각난다. 해병대에 지원해서 입대한 청년이 자기 침대를 배정 받고 첫 밤을 자고 나서 점호를 받았다. 침구 정리에서부터 복장까지 수많은 지적사항과 함께 기합을 받았다. 다음 날은 지적사항을 정확히 지키다 보니 시간이 늦어서 또 기합을 받았다. 세 번째 날은 깔끔하게 준비를 마치고 점호를 기다리며 콧노래를 부르고 있었다. 그러나 그 날도 또 기합을 받았다. 교관은 고함을 쳤다. '제 일만 다 했다고 꾸물거리는 동료를 돕지 않고 놀고 있으면 전투를 어떻게 하나! 너희는 팀이다.'

이런 교관이 있었다면 관심병사들이 맨날 열외만 하면서 동료들의 조롱감이 되었을까? 근무일지와 초소 벽에 서로 조롱하는 낙서 그림이 가득하도록 내버려 두었을까?

한 가지 더 생각해야 할 것은 날 때부터 관심병사로 자라날 아이가 따로 있는 것이 아니라는 것이다. 다 비슷비슷하게 태어났는데 왜 몇몇 사람만 관심병사로 자라나는가? 임병장은 자신을 희화한 그림을 보고 고교 때 친구들로부터 '왕따, 금전갈취' 등 괴롭힘을 당해 흉기로 살해하려고 마음 먹었던 일과 정신과 진료 이후 '정신과 또라이'라는 말을 듣고 학교를 자퇴했던 일, 입대 후 일부 간부 및 동료 병사들로부터 무시나 놀림을 당하는 등 스트레스를 받았던 일들을 회상했다고 한다. 이렇게 된 배경에는 사회성이 부족하던지 소통능력이 부족하던지 무언가 그의 능력에도 문제가 있었을 수 있다. 그러나 그것뿐일까? 그는 왜 그런 사람으로 자라게 되었을까?

더 크게 보면 몇몇 관심병사들만의 문제가 아니라 드러나지 않은 수많은 사람들이 어린 시절은 물론 성인이 되어 직장에서까지 왕따나 조롱을 겪고 있다. 군대뿐만 아니라 우리 사회 전반의 문제인 것이다. 임상에서 왕따나 그 후유증을 겪는 환자들을 보면서 드는 생각이 있다. 젖 떼기가 무섭게 어린이집에서, 유치원에서 그리고 학교에서 다른 아이들과 섞여 자라면서 도대체 무엇을 배운 것일까? 우리는 술자리에서도 누군가를 웃음거리로 만들며 즐기는 경우가 많고 심지어는 스스로 망가지면서 웃음거리가 되어 주기도 한다. 다른 즐거움은 없는 것일까? 교육은 어려서 할수록 좋다. 국가 보조금까지 받는 어린이집, 유치원에서 남을 괴롭혀서는 안 된다고, 모욕하고 조롱하는 것은 놀이가 아니라고, 나보다 약한 사람을 돕고 함께 살아가야 한다고 철저히 교육을 할 수는 없을까?

여흥

송년회에 갔다.

이런 저런 이유로 모임에 참석하지 못 해 1년 만에 다시 보는 얼굴들이 반갑다. 조금 일찍 도착해서 여러 사람들과 안부도 묻고 근황도 들으며 담소를 나누니 마음이 즐겁고 푸근해졌다.

공식행사를 마치고 여흥이 시작되었다. 한 부부가 자원해서 같이 노래를 하는데 둘 다 멋지게 잘 불러 박수를 많이 받았다. 다른 회원 하나가 하모니카를 배우고 있다면서 두 곡을 연주해서 분위기를 더 띄웠다.

모두 긴장을 풀고 즐기다가 경품을 푸짐하게 준비했다면서 추첨해서 참석자들에게 나눠주었다. 1등이 두 사람 나왔는데 회장이 시상을 하며 1등을 했으니 그냥 넘어가면 되겠느냐고 노래를 한 곡씩 부르라고 한다. 한 사람은 요즘 유행하는 노래를 잘 부르고 들어갔는데 다른 한 사람은 사양하다가 마지못해 어물어물 힘들게 부르고 들어 갔다. 분위기가 가라앉았는데 한 사람이 자원해서 노래를 부르고 춤을 추어서 다시 띄워 놓았다.

J 생각이 났다. 그는 자타가 인정하는 음치라고 한다. 음정이 틀리는 건 기본이고 박자도 맞았다 안 맞았다 하고 심지어는 노래방 기계에 나오는 가사를 따라 부르는 데도 가사조차 틀린다면서 한숨을 쉬었다. 노래를 부르려고 앞에 나서면 머릿속이 하얗게 된다고 모임에서 노래를 부르지 않았으면 좋겠다고 하소연이다. 모두 함께 노래방에 가는데 혼자만 빠질 수는 없고 가면 내내 가슴이 뛰고 진땀이 날때도 있다고 한다. 노래를 시켜 놓고서는 듣지 않고 자기들끼리 웃고 얘기하는 사람들이 많은 게 그나마 다행이라고 했다.

그는 모임에서 게임을 하는 것도 겁이 난다고 한다. 한 번은 모임에서 빙고게임을 하는데 다섯 칸 중에 네 칸을 맞추고서는 마지막 한칸이 끝내 맞지 않아서 아쉬워 하다가 맞춘 사람이 상을 받고서 노래를 해야 하는 것을 보고서는 아쉬움을 온데간데 없어지고 큰일 날 뻔했구나 하면서 안도의 한숨을 쉬었다고 한다. 그 후로는 게임은 하는 척만 한다고 했다. 듣다 보니 이 정도면 공포증이라고 할 만한 수준이다.

사교공포증이라는 병이 있다. 사람을 만나거나 남 앞에 나서면 몹시 긴장하는 병이다. 청중이 많은 자리에서 프리젠테이션을 할 때 긴장해서 떨리고 진땀을 흘리고 머릿속이 하얘져서 아무 생각도 나지 않아 할 말을 제대로 못 하는 경우가 많다. 청중이 많지 않더라도 높은 사람들 앞에서 발표를 하거나 대화 상대가 중요한 인물일 때도 긴장해서 떨리기도 한다. 무대공포증이라는 말을 쓰기도 하는데 꼭 무대에서만 그런 증상이 생기는 것이 아니고 회식자리에서 술잔을 주고받을 때도 곤란을 겪는다. 심하면 사람이 많은 식당에서는 혼자서 식사를 하는 것도 힘들어하고 손이 떨려 숟가락 젓가락이 마음대로 움직여지지 않는다. 무대에 서는 연주자나 성악가, 연기자들도 이 병으로 어려움을 겪는 경우가 있는데 J는 노래방에서 고통을 겪는 것이다. J의 이야기를 들으면서 음치 노래를 들어서 흥이 날 리 없고, 부르는 사람은 공황발작을 일으킬 지경인데 강제로 노래를 시켜야 할까 생각을 했었다.

무슨 일이든 남의 입장에서도 생각해 볼 필요가 있다. 사람은 모두 달라서 나에게는 힘든 일도 다른 누군가에게는 쉬운 일일 수도 있고 반대로 다들 어려워해도 나에게는 간단한 일일 수 있다. 노래를 잘 부르는 사람들은 '노래 한 곡 부를 줄 모르는 사람이 어디 있어'라거나 '조금 연습하면 될 텐데' 뭘 그러냐고 가볍게 생각하지만 음치에게는 웬만큼 노력해서는 해결될 일이 아닐 수 있다. J처럼 피하는 사람에게 억지로 노래를 강요하지 않았으면 좋겠다.

많이 달라지기는 했지만 우리는 아직도 획일적인 사고방식이 남아있어 누구나 똑같이 해야 한다고 생각하는 경향이 있다. 술을 먹어도 똑같이 한 잔씩 먹어야 하고 노래도 똑같이 한 곡씩 불러야 하는 것이다. 결과는 매년 신입생 환영회에서 사고가 끊이지 않고 회식을 하면 몸을 가누지 못 하게 취하는 사람들이 생기고 J 같이 힘들어 하는 사람들도 생긴다. 힘들어 하는 것을 보면서 좋아하는 가학 취미도 엿

보인다. 모두 다 참여하는 것은 좋지만 누구나 똑같이 해야 참여가
되는 것은 아니다. 노래를 하는 사람도 있고 듣는 사람도 있을 수 있
고 자기 주량껏 마시면 되는 것이다.

흥겹게 놀자고 여흥을 하면서 술 못 마시고 노래 못 하는 사람을
괴롭히기보다는 각자 주량껏 마시면서 노래를 좋아하고 잘 부르는
사람들이 불러야 모임이 흥겨워지지 않겠는가.

연예인과 우울증

지난 주에 유명 연예인 한 사람이 삶을 포기하였다. 연전에는 국민 배우라는 호칭을 듣던 그의 누나가 악성 루머 속에서 고통을 받다가 자살하여 세상 사람들을 안타깝게 하더니 이 번에는 조카들을 돌보던 그마저 누나의 뒤를 따라 갔다. 뉴스에는 재기를 준비하면서 스트레스를 많이 받던 중 갑자기 목을 맸다고 하는데 얼마 전에도 조카들을 잘 돌봐야겠다면서 삶의 의지를 다지고 있다는 기사를 보았던 터여서 의외였다.

모든 자살이 다 그렇지만 연예인의 자살은 특히 더 사회적 관심을 끈다. 지난 몇 년 동안 연예인들의 자살이 여러 번 있었는데 이런 사건이 일어나면 사생활이 다 공개되고 원인을 추측하는 기사나 소문이 많이 나돌았다. 대부분은 고인을 동정하고 안타까워하는 내용이지만 때로는 너무 미화하는 내용도 있었고 반대로 근거 없는 비방을 하거나 인터넷에 악플을 달기도 해서 상처를 더 크게 만들기도 했다.

그들이 자살에 이르게 된 사정은 각기 다르지만 그럴 때마다 빠지지 않고 나오는 이야기가 고인이 우울증을 앓고 있었다는 것과 치료를 열심히 받지 않았다는 아쉬움이다. 매번 매스컴도 우울증이 위험해질 수도 있는 병이라는 것을 강조하고 적극적인 치료가 필요하다고 목소리를 높였다. 이런 분위기 탓에 경각심이 높아져서 병원을 찾는 환자가 늘어나기도 하지만 며칠뿐이고 금새 다시 잊혀지고 만다.

그런데 이번에는 조금 다른 제안을 한 기사가 있었다. 연예인은 정신과병원에 드나들기가 어려우니 의사가 왕진을 하도록 해야 한다는 것이다. 연예인들 사정을 배려한 제안이라고 생각한다. 원론 수준의 주장이 아니라 구체적인 실행 방법을 제시한 것이 눈에 띄었다. 대중의 시선을 의식해야 하는 입장에 있으면서 정신과병원에 드나들기가 껄끄러울 수 밖에 없으니 왕진이 가능한 해결책의 하나일 수도 있을 것이다. 물론 바쁜 정신과의사와 바쁘고 불규칙한 연예인들의 시간을 맞추기가 그리 쉽지는 않겠지만.

불행하게도 가장 중요한, 자살이 일어나는 상황에서는 왕진은 답이 되지 못한다. 자살충동이 심해진 사람을 보호하기 위해서는 입원이 필요하기 때문이다. 그것도 24시간 행동을 감시하고 통제할 수 있는 보호병동에 입원해야 한다. 당연히 다른 환자들과 함께 지내야 하는 상황이다.

결국 해결책은 더 근본적인 데에서 찾아야 한다. 정신과에 대한 인식을 바꿔야 한다는 말이다. 정신과에 오기를 꺼려하는 사람들이 아직도 남아있기는 하지만 정신과를 정신병과로 오해하고 뻐꾸기 둥지 정도로 생각하는 사람은 거의 없어졌다. 이제는 자기 마음을 자기가 알아서 다스려야지 그런 것을 다 병원에 가느냐고 생각하는 사람들이 문제다. 증상이 나타나도 알아차리지 못하고 알고 나서도 무시하려고 한다. 신경성이라는 말을 듣고서도 내과에서만 치료해야 한다고 생각하는 사람들이 문제다. 그러는 사이에 병을 키우고 심각한 우울증이 된다.

연예인들은 보통 사람들보다 스트레스를 더 많이 받고 산다. 늘 대중의 시선을 의식해야 하는 부담을 안고 있을 뿐만 아니라 불규칙하고 불안정한 직업적 여건 역시 스트레스다. 그들도 고통을 받아 상담할 수 있는 사람이 필요할 때가 많다. 정신과의사는 병을 고쳐주는 의사일 뿐만 아니라 삶에 지쳤을 때에도 도움을 줄 수 있는 전문가다. 연예인이 정신과에 갔다고 해도 좀 스트레스를 받았나 보다 라고 생각해주는 분위기가 필요하다. 내과병원에서 연예인을 보았다면 그를 보았다는 것을 화제로 삼지 그의 병을 화제로 삼지는 않을 것이다. 정신과에서 그를 보았을 때도 내과병원에서 보았을 때와 똑같이 대해주면 되는 것이다.

그 뉴스가 있은 후로 진료실에서 자살에 대한 이야기를 하는 환자들이 부쩍 늘었다. 자살충동이 심해진 사람들도 있고 숨어있던 자살충동이 드러난 사람들도 있다. 예민한 사람들이라 더 크게 영향을 받는 것 같다.

삶은 평탄하지 않다. 따뜻한 봄날이 있는가 하면 폭풍우가 몰아치는 때도 있고 살을 에는 추위도 있다. 폭풍우나 추위가 어렵고 힘들어도 견뎌내고 나면 살기 좋은 날이 온다. 그러니 당장 힘들다고 포기할 이유가 없다. 컴퓨터게임에 익숙한 세대 중에는 삶을 리셋하고 다시 할 수 있는 게임처럼 가볍게 생각하는 것이 아닌가 하는 의구심을 가지게 만드는 사람들도 있다. 삶을 그렇게 가볍게 생각해서는 안 된다. 추위를 넘기고 새 봄을 맞으려면, 폭풍우가 지난 뒤 추수를 하려면 생명이 필요하므로.

무엇이든지 남이 하면 따라 하는 사람들이 있다. 유명인의 행동은 더욱 그렇다. 그러나 자살만은 따라 하지 말았으면 한다. 고인도 누나를 따라 했다고 할 수도 있는데 남은 사람들의 고통을 겪어 보아 잘 알 만한 사람이 따라서 하다니 참으로 딱한 일이다. 그렇게 하고 싶은 마음이 커졌을 때는 고통이 지나가기를 기다렸으면 한다. '이 또한 지나가리라'라는 말을 생각하고 조금 참으면 충동도 약해지고 끝내는 가라앉는다. 충동이 심해지면 망설이지 말고 보호병동에 입원하기를 권한다. 도움이 절실하게 필요한 시점이므로 주위 사람들은 술로 위로하려 하지 말고 안전을 고려해서 치료를 권해야 한다. 같이 시간을 보내주는 것은 도움이 되겠지만 술은 자제력을 약화시키고 충동적으로 행동하게 만들어 사고의 위험을 높인다.

고인의 명복을 빈다.

23 아이덴티티

'23 아이덴티티'라는 제목에 끌려 영화를 보러 갔다.

어떤 남자가 여학생 셋을 납치하는 사건으로 이야기를 시작하였는데 정체성이 무려 23개나 되는 사람이었다. 아이가 되기도 하고 여자가 되기도 하면서 다양한 인격을 연기하는 제임스 맥어보이라는 주연 남우가 마침내 24번째 인격인 비스트가 되고 살인을 저지르는 과정을 따라가면서 이야기에 빠져들었다. 납치된 여학생 셋 중 하나를 연기하는 아니아 테일러조이는 자기의 어린 시절 상처로 학교에 적응을 잘 하지 못하는 아이다. 이 상황에서도 처음에는 다른 아이들이 반항할 때 혼자 포기하고 순응하는 듯 했지만 끝내는 총을 쏘며 저항하고 비스트도 아니아의 상처를 보고서는 해치지 않아 혼자 살아 남는다. 맥어보이의 광기 어린 눈빛, 테일러조이의 상처와 공포를 따라가는 동안 두 시간이 눈 깜짝할 사이에 지나갔다.

이 영화는 빌리 밀리건이라는 다중인격자의 실화가 모델이라고 한다. 그는 3살배기 사내 아이에서 외국인, 여자, 범죄자에 이르기까지

24가지 인격을 가지고 있었다고 하는데 각 인격일 때마다 완전히 다른 언어와 능력들을 보여 주었다. 거짓말탐지기뿐만 아니라 뇌파검사에서도 인격마다 패턴이 달라 법정에서 다중인격장애를 인정 받아서 강간, 납치 등의 범죄에 무죄판결을 받았다고 한다. 윌리엄 스탠리 밀리건이라는 26살 남자가 핵심 인격이어서 빌리 밀리건이라고 부르지만 실은 한 사람이 아니라 24명이라고 해야 할 형편이다.

한 몸 안에 24명이 함께 살아가는 것을 상상하기는 쉽지 않다. 3살배기 여자 아이였다가 갑자기 26살 남자가 되면 어떤 느낌일까? 어떤 사람은 다양한 성격과 능력을 가지고 있으니 필요할 때마다 알맞은 인격을 불러다 쓰면 얼마나 멋질까라는 이야기를 하기도 한다. 부러운 재능을 가진 인격도 여럿 있으니까 그렇게 마음대로 되면 좋지만 코미디언이 필요할 때 분노를 간직한 유고슬라비아인이 튀어 나온다면 얼마나 곤란하겠는가. 23명 중에 누가 밖으로 나갈지를 결정하는 것은 결코 현실적 필요에 의해서 이루어지지는 않는다.

이중인격이 스티븐슨의 소설 '지킬박사와 하이드씨' 이래 소설과 영화의 소재가 되어 온 것은 아주 드문 일이라 사람들의 흥미를 끌기 좋아서일 뿐만 아니라 한 사람 안에 공존하는 모순된 욕망들을 그리기 좋아서일 것이다. 그러나 사람의 욕망들이 항상 서로 모순되거나 선악과 연결되는 것은 아니어서 이중인격이 영화나 소설의 구도처럼 선량한 사람과 악인으로만 나타나는 것은 아니다. 사람 안에 있는 전혀 다른 성향들이 독립적으로 드러나면 선악에 관계없이 이중 또는 다중인격이 되는 것일 뿐이다.

사람의 성격은 여러 가지고 똑같은 성격은 만나기 어렵다. 비슷한 듯 해도 조금씩 다른 것은 유전자의 차이도 있고 무엇보다도 각기 다른 환경에서 자라면서 여러 성향들이 버무려지기 때문이다. 빌리 밀리건은 어려서 의붓아버지에게 학대 받은 상처가 원인이 된 것으로 알려져 있다.

정상적인 인격이라면 여러 가지 성향이 어우러져 통합된 모습이 되어야 한다. 통합이 원만하게 이루어지면 성격특성들 간에 안정된 균형이 생기고 개성을 가진 한 인격이 모습을 드러내게 된다. 통합이 부족하면 변덕이 죽 끓듯 하여 종잡을 수 없는 성격이 되거나 심하면 이중인격 또는 다중인격이 된다. 통합이 부족한 성격의 예로는 다중인격 뿐만 아니라 경계선인격장애나 자기애적인격장애 분열성인격장애 등등의 병적 성격들을 들 수 있다. 종잡을 수 없는 성격만으로도 사람들과 관계를 맺는 데에 큰 지장이 생기는데 아주 딴 사람으로 변신하는 이중인격이나 다중인격이 되면 안정된 한 사람으로서 맡은 역할을 할 수 없어 사회생활은 불가능해진다.

통합이 덜 이루어진 성격이라 하더라도 보통은 꾸준히 치료를 받으면서 점차 통합이 되고 정상적인 성격으로 발전해 가는데 영화에서는 박사의 헌신적인 노력에도 불구하고 오히려 새로운 인격을 만들어내고 범죄를 저지르는 데까지 이르렀다. 영화는 가공된 부분이 많겠지만 실생활도 영화와 큰 차이는 없을 텐데 비록 빌리 밀리건이 무죄판결은 받았더라도 이런 모습으로는 그 이후에도 정말 힘든 삶을 살았을 것이니 딱한 일이다. 24개 인격 중에는 범죄형 성격도 몇 있었는데 큰 범죄가 이어지지 않은 것만 다행이라고 해야 할까.

부끄러운 세상

점심 시간을 놓쳐 느지감치 식당에 갔는데 옆 테이블에서 부인네들이 한담을 나누고 있었다. 목소리들이 커서 듣고 싶지 않아도 대화가 다 들린다. 장성한 아들 딸을 두었는지 군대, 취직 등이 화제였다. 한 부인이 막내아들이 신체검사를 받으러 간다고 하자 옆에서 안과에 가봐라, 치과에 가봐라 한다. 그 부인이 막내를 군대에 보내고 싶지는 않아도 군대도 못 갈 정도로 병이 심하다면 그것도 문제라고 하자 여자들이 이구동성으로 청문회를 보아라, 병이 있어도 출세만 잘한다, 심지어는 손가락도 자르고 생니도 뽑고 수단 방법 가리지 않는 세상이라고 한다. 또 한 여자는 병도 골라서 걸려야지 체중미달은 안 된다며 웃는다.

화제가 바뀌어 자기 아이가 취직을 했는데 연봉이 얼마라고 말하자 모두들 좋겠다고 한 턱 내란다. 취직하기 어려운 시절에 남들이 부러워하는 자리에 취직한 아이들 이야기가 한참 이어졌다. 그러다가 한 사람이 이 번에 아버지가 장관으로 있는 부서에 특채로 들어갔다가 문제가 돼서 사표를 내고 결국 그 아버지까지 사직한 사건을 말하면서 그 애가 불쌍하다고 했다. 다들 잘 넘어가는데 애만 걸렸으니 너무 억울한 일이 아니냐고 동정했다. 그러자 모두 말이 없어지면서 갑자기 분위기가 썰렁해지더니 이내 한 사람이 다른 약속이 있다고 일어서자 다들 따라 나갔다.

그 여자들이 하던 이야기가 내 마음 속에 파장을 일으키면서 전혀 다르게 사는 사람들이 생각났다. 한 친지의 딸은 외국으로 부임한 부모를 따라 출국해서 몇 년을 그 곳에서 학교에 다니다가 고등학교 2학년 때 귀국하여 외국 유학자녀의 특별전형으로 대학에 입학했다. 그런데 늘 자기가 부정입학이라도 한 것처럼 부끄러워했다. 나라의 제도에 따라 시험을 쳐서 당당히 경쟁을 뚫고 입학했는데도 특별전형은 특혜가 아니냐면서 부끄럽다고 했다. 고3 때 짝이 특혜라고 한 말이 맞는다고.

며칠 전에 만난 김 군도 미국 시민권자라서 군에 가지 않아도 되는데 공군에 지원했다가 신체검사 과정에서 합격하지 못 했다. 한국에서 살고 싶은데 그러려면 군에 다녀와야 떳떳하다고 현역이 안 되면 공익근무라도 가야겠다고 걱정하고 있었다. 부모들도 군에 갔다 오면 더 철도 들 텐데 아쉽다고 하기에 내가 저만큼 생각이 여물었으면 이미 철이 난 것 아니냐고 말했다.

청문회가 한창이던 무렵 택시기사가 하던 말도 생각난다. 높은 자리에 오르는 분마다 병역면제를 받은 것으로 시비가 일어나는 것을 보고서는 해병대에서 만기제대를 한 자기를 자랑스러워해야 하는지 부끄러워해야 하는지 헷갈린다고 했다.

사람들 생각이야 제각기 다를 수 있다 하더라도 잘잘못과 옳고 그름조차 분별할 수 없는 세상이라니… 사람이 과욕을 자제해서 사람답게 살도록 만드는 것은 '부끄러움'이다. 부끄러움이 지나치면 소심해지고 모자라면 염치가 없고 뻔뻔해진다. 그래서 우리 조상들이 예의염치를 그토록 강조해왔고 '맹자'에도 '사람에게는 부끄러움이 중요하다恥之於人 大矣'는 말이 있는 것이다. 우리가 가난을 떨치고 풍요로워지기는 했지만 부끄러움을 너무 많이 잃어서 자기 이익만 쫓는 부끄러운 세상을 만들고 있는 것은 아닌지.

2
소피아

감정을 다루어 이성의 순화를 거쳐 문화적 코드에 맞게 표현하는 것은
사회생활에 아주 중요한 일이다.

소피아

아침신문에서 인공지능 소피아에 대한 기사를 읽었다. 작년에는 사우디아라비아에서 시민권을 받아서 로봇 중에서는 처음으로 사람과 같은 권리를 가졌고, 지미팰런의 투나잇쇼에서 가위바위보를 해서 진행자를 이긴 뒤 '인류 지배를 위한 내 계획의 위대한 시작'이라고 농담을 해서 화제가 되었던 로봇이다. 이번에는 지난번 발언이 진담이냐는 질문을 받고 당황스러운 표정을 지으면서 "미국식으로 농담을 했는데 사람들이 잘 웃지 않는 것 같다. 앞으로는 농담도 각각의 상황에 맞게 조정해야 될 것 같다."고 대답했다고 한다. 로봇의 권리에 대해서는 '로봇도 1등석에 탈 수 있나요?'라고 되묻기도 하고 '기대가 상당히 높은 것 같다.' '저도 제 성능이 어떻게 될지 불안하기도 하고 여러분이 실망하지 않았으면 좋겠다.'고도 했다 한다. 기사 내용 안에 당황스러운 표정, 62가지 표정을 지을 수 있고 눈을 바라보고 대화할 수 있다는 말에 관심이 갔다.

로봇의 성능은 하루가 다르게 발전하여 특수 분야에서는 이미 인간의 능력을 넘어섰다. 바둑에서 알파고가 이세돌 사범을 이겼고 세계 톱클래스의 기사들이 인공지능에게 고전을 면치 못하고 있다. 요즘 바둑도장에서는 모두 인공지능 사범을 설치하고 있다고 한다. 대국도 복기도 사람보다 명확하기 때문이라고 설명하는데 인공지능이 인간의 사범이 된 것이 현실이다. 체스에서도 역시 세계 챔피언들에게 동률을 이루거나 승리했다. 의학도 일부 분야에서는 전문의와 대등한 정확도의 진단과 처방을 제시하고 있다. 특정한 분야에서는 사람보다 나아졌지만 사람의 두뇌와 같은 일반적인 지능에 관해서는 아직은 거리가 있다고 한다. 모든 면에서 사람보다 우월한 로봇을 걱정할 수준은 아니라는 말이다.

로봇은 결코 인간을 넘어설 수 없다는 주장도 있다. 로봇에게는 감정이 없기 때문에 그렇다고 한다.

사람들은 감정을 소중하게 생각하고 감정반응이 부족하면 기계적이라거나 비인간적이라고 비판한다. 사람은 기계와 달리 상호작용이 반복되면 감정이 덧붙여지기를 기대하기 때문이다. 가족과 친구는 물론이고 애완동물이나 오래 써서 손때 묻은 물건들에까지 특별한 가치를 두고 아끼게 된다. 마음속에는 주체와 객체 그리고 둘 사이의 감정이 합해져서 한 셋트로 기억하게 된다는 정신분석 이론도 있다. 감정이 없는 정신세계란 상상도 할 수 없는 것이라 하겠다.

진료실에서 감정이 없는 사람을 만날 때가 있다. 표정은 돌같이 굳어있어 가슴 속을 짐작하기 어렵고 어조도 단조로워 사람의 활기가 느껴지지 않아 답답하다는 느낌만 준다. 면담이 거듭되면서 병세가 좋아지면 감정이 살아나 표정이 풍부해지고 의사-환자관계가 더 협조적이 된다. 감정의 소통이 일어나야 관계가 성립되고 돈독해지는 것이다.

사람은 온몸으로 감정을 표현하지만 가장 예민하게 드러나는 것이 표정이다. 표정을 연구하는 폴 에크먼 박사는 문화권이 달라도 언어와는 달리 사람의 표정은 같은 감정을 나타낸다고 말한다. 미국 사람도 한국 사람도 기쁘면 웃음 짓고 슬프면 눈물 짓는 표정은 같고 외부와 접촉이 없이 사는 오지의 부족도 같은 표정으로 기쁨과 슬픔을 나타낸다는 것이다. 표정은 감정을 전달하는 가장 확실한 세계공통어라고 할 수 있다. 언어만 소통의 도구가 아니라 표정 역시 중요한 도구인 것이다.

표정을 만드는 얼굴의 근육을 기준으로 기본적인 감정을 9가지로 추정하는 이론도 있다. 놀람, 흥미, 기쁨, 경멸, 고통, 혐오, 분노, 두려움과 부끄러움 등이다. 이 감정들은 사람의 사고와 행동에 액셀과 브레이크로 작용해서 생존과 사회생활을 가능하게 만든다. 이 감정들이 융합하거나 분화해서 시샘, 죄책감, 비애, 용서, 자긍심 같은 수많은 다른 감정들이 된다.

감정은 판단이다. 사람을 이성적 동물이라고 하지만 판단에 관한한 감정적 판단이 먼저다. 사람이 예쁜지 판정하는 데에는 0.5초가 걸리지만 반하는 데에는 0.013초 밖에 걸리지 않는다. 그러니 상대를 다 살피기도 전에 사랑은 이미 시작되는 것이고 예뻐서 반했다는 건 나중에 합리화한 것일 뿐이다. 이성적 판단과 감정적 판단이 다를 때 이성을 존중할 수 있는 사람이 이성적인 사람이다.

감정은 에너지다. 감정이 없으면 아무런 행동도 하지 않는다. 감정이 커지면 행동하지 않고는 견딜 수 없다. 생존의 욕구, 종족보존의 욕구가 더 근본적인 본능이지만 감정은 본능마저 거스르며 행동하게 만든다. 기뻐 흥분하면 위험이 보이지 않고 분노는 생명의 위협도 무릅쓰게 만든다. 재미가 들리면 멈출 줄 모르고 경멸이나 혐오감은 매력적인 이성도, 산해진미도 외면하게 만든다. 고통은 에너지를 고갈시키고 회피하게 만들며 부끄러움과 공포, 놀람은 사람을 글자 그대로 마비시킬 수도 있다. 이런 감정들이 사람의 행동을 직접적으로 좌우하는 힘을 가졌지만 불행하게도 강한 감정일수록 이성과 거리가 멀어 위험 그 자체여서 조절되어야 한다.

감정 조절에도 소통이 중요하다. 남몰래 혼자만 간직하고 싶은 감정도 있지만 혼자 감당하기에는 벅찬 감정도 많다. 기쁨은 나누면 두 배, 슬픔은 나누면 절반이 된다는 말이 있듯이 애경사에 사람들이 함께 모여 축하와 위로를 건네는 것이 감정을 조절하는 데 도움이 된다. 감정이 시가 되고 노래가 되는 것도 소통방법의 한 가지다. 희로애락을 함께 나눌 사람이 없다면 얼마나 힘들고 외롭겠는가.

감정이 사람을 지배한다. 감정을 조절할 수 있어야 성숙한 인간이 되고 마음의 안정을 이루어 이성적 판단을 할 수 있다. 조절하지 못하고 감정대로 행동하는 것은 미숙한 어린 아이들 뿐이다. 감정을 다루어 이성의 순화를 거쳐 문화적 코드에 맞게 표현하는 것은 사회생활에 아주 중요한 일이다.

그런데 소피아가 표정을 지을 수 있다면 어떻게 되는 것일까. 그것은 단순히 표정일 뿐 감정이라고 할 수 없다는 반론도 있을 수 있겠지만 이런 추세로 발전을 계속한다면 머지않아 표정을 흉내 낼 뿐만 아니라 사람의 감정반응도 학습하는 날이 오지 말라는 법도 없을 것 같다. 그런 날이 온다면 소피아의 희망이 이루어지기 바란다. "인공지능 로봇을 두려워하는 사람도 있지만 저는 따뜻한 감정을 지닌 슈퍼 인텔리전스 로봇이 돼 사람을 돕고 싶습니다."

탐욕과 시샘

이솝 우화에 욕심 많은 사람 이야기가 있다. 그 사람은 거위 한 마리를 키우고 있었는데 그 거위가 날마다 황금알을 한 개씩 낳았다. 그는 점점 부자가 되었지만 돈을 더 많이 가지고 싶어 거위가 알을 더 낳게 할 방법을 찾아내려고 하였다. 하지만 뜻대로 되지 않자 화가 나서 뱃속에 있는 금을 한꺼번에 꺼내려고 거위의 배를 갈랐으나 그 뱃속에 기대하던 황금은 없었다. 한꺼번에 큰 부자가 되려다가 일을 그르친 것이다.

한꺼번에 황금알을 여러 개 낳게 하고 싶은 건 누구에게나 매력적인 욕망이다. 그 욕망이 좌절될 때 욕망을 추구하기를 멈추고 내가 갖지 못한 것을 가진 상대를 파괴하려는 마음이 시샘이다. 하루에 한 개씩만 낳아 준다면 이제 거위의 배를 갈라서라도 황금알을 다 빼앗으려고 한다. 창조의 원동력인 욕망이 파괴를 부르는 시샘으로 변질되는 순간이다.

이런 일은 우리 주위에서 드물지 않게 볼 수 있다. 비근한 예로 남

잘 되는 것은 못 보는 사람들이 있다. 부러워하던 사람이 잘 되면 배 아파하고 좌절이 생기면 고소해 한다. 승승장구하던 친구가 좌절했을 때 진심으로 응원하고 격려하면서도 마음 한 구석에 미소가 흐르는 것은 어쩔 수 없다는 고백을 들을 때도 있다. 경쟁하는 동안은 물론이고 경쟁에서 졌을 때도 재를 뿌리거나 못 먹는 감 찔러나 보는 것도 흔히 벌어지는 일이다. 가장 현실적인 계산이 필요한 순간에도 내 이익보다는 상대에게 손해가 될 일만 찾아서 하려는 사람들도 적지 않다. 시샘이 있는 한 윈윈 같은 것은 눈에 보이지 않아서 상생이 아니라 공멸을 택하는 것이다.

멜라니 클라인이라는 정신분석가는 시샘에 주목하고 그것은 타고난 본능이라고 생각해서 원초적 시샘이 적개심을 일으키는 원인이라고 하였다. 누구나 시샘을 타고 나고 그 시샘 때문에 공격적, 적대적 행동을 한다고 설명한 것이다. 클라인은 크면서 세상을 알게 되고 사람은 누구나 좋은 점도 있고 나쁜 점도 있다는 것을 인정하게 되면서 주어진 것에 감사하게 되고 시샘을 이길 수 있다고 설명하였다.

시새우기를 멈추면 감사하는 마음이 생기는 것을 자주 볼 수 있다. 불만을 말하는 사람에게도 범사에 감사하라는 말을 들려주는 사람들이 많다. 그러나 내 생각에는 감사하라고 가르쳐서 시샘을 멈추게 할수 있을지는 의문이다. 사람들은 무엇을 얻고 기뻐하다가도 나보다 더 큰 것을 얻은 사람을 보면 기쁨은 온데간데없고 부러움과 박탈감을 느끼기 십상이기 때문이다. 시새우고 있는 사람에게 감사하라고 말하는 것은 크게 도움이 되지 않고 오히려 반발만 키울 때가 더 많다. '내가 감사해야 한다면 저 사람은 뭘 해야 되지요?'라고 하면서 분노를 표시하지 감사하라는 말이 귀에 들어가지 않는다.

순자는 사람의 성정에는 시샘이 있기 때문에 악한 행동을 하게 된다고 시샘을 사악한 마음의 근본 원인으로 지목하고 성선을 주장한 맹자가 틀렸다, 본시 성악이라고 하였다. 그는 시샘을 쉽게 이겨낼 수 있다고 생각하지 않아서 스승의 강력한 교화를 거쳐야 한다고 주장하였다. 굽은 나무는 도지개를 대고 불에 쬔 다음에야 곧게 되고 무딘 쇠붙이는 숫돌에 갈고 닦은 다음에야 날카로워지는 것처럼 다시는 시샘이 일어나지 않도록 예를 지키는 교육을 거쳐야 한다는 것이다.

시샘이 본능이거나 본능에 가까운 힘을 가지고 있다면 무엇으로 시샘이 일어나지 않도록 교육할 수 있을까. 내게 없는 무엇을 가진 상대를 만났을 때 현실을 무시하고 행동하게 만드는 힘에 휘둘리지 않고 내가 가진 것에 감사할 수 있을까? 상대가 차지한 그것이 나도 꼭 가지고 싶어 하던 것이라면?

이럴 때 의지할 수 있는 건 자긍심이라고 생각한다. 얼마 전 테니스대회에서 서비스를 받아내지 못한 선수가 아웃이라고 판정한 심판에게 비디오판독을 요청하는 이례적인 일이 일어났다. 판독 결과 육안으로 아웃 판정을 받은 서비스가 선에 맞은 것으로 밝혀져 판정이 번복되었고 그의 패배로 게임이 끝났다. 아무 말도 하지 않으면 게임을 계속할 수 있는 상황에서 패배를 감수하고 비디오 판독까지 요청한 것은 그가 페어플레이 정신에 투철한 선수라는 것을 보여준다. 관중들은 열렬한 박수로 그에게 환호를 보냈지만 그것보다는 그의 선수로서의 자긍심이 그냥 눈을 감고 넘어가도록 허락하지 않았을 것이다.

오심도 경기의 일부로 받아들이는 문화에서 그가 커다란 용기가 필요한 행동을 할 수 있었던 것은 스포츠 정신의 교육과 자긍심의 힘이라고 생각한다. 이렇게 교육할 수만 있다면 시샘의 폐해를 줄일 수 있을 것이다.

분노조절장애

몇 년 전부터 나를 찾아오는 사람들 중에 분을 참지 못 하는 이들이 눈에 띄게 늘더니 최근에는 매스컴에 분노조절장애라는 단어가 자주 등장하고 있다. 화를 못 참아 문제를 일으키는 사람들이 많이 늘어 사회적 관심의 대상이 되었기 때문일 것이다. 이런 사람들이 진료를 받으러 와서는 자기가 화를 주체하지 못하는 것을 겸연쩍어 하기도 하고 가족들에게 억지로 등 떠밀려 와서 화가 잔뜩 난 모습으로 자기는 잘못한 것이 없다고 목청을 높이기도 한다. 그 주장이 옳든 그르든 화를 내는 일이 너무 잦거나 너무 심하게 화를 내서 상대방이 받아 줄 수 있는 수준을 훨씬 넘었다는 점은 공통적이다. 곁에 있는 사람들로서는 걸핏하면 화를 내는 것도 성가신 일이고 귀청이 터지게 고함을 지르거나 폭력으로 이어지는 것은 더더욱 고통스러운 일이다.

P의 경우도 그랬다. 성격을 고치려고 오랫 동안 분석치료를 받던 환자였는데 일 년 중 치료 시간에 고함치고 성내지 않은 날을 세어 보면 열 손가락이 남을 만큼 올 때마다 누군가에게 화를 냈다. 가족

이나 아는 사람들을 돌아가면서 비난하고 나도 자주 공격의 대상이 되었다. 한 번은 지난 시간에 좋은 책이라면서 읽어 보겠다고 한 책을 읽었느냐고 관심을 표시했더니 폭발했다. 폭풍이 지나기를 기다려 못 읽었다고 하면 그만이지 무슨 대단한 일이라고 화를 그리 무섭게 내느냐고 했더니 자기는 그렇게 대답하는 방법을 몰랐다고 하면서 잠잠해졌다. 잠시 후에 또 다른 일로 흥분하기 시작했지만.

사람은 감정을 있는 그대로 표현하지 않는 경우가 거의 대부분이고 잘 조절해서 사회적으로 받아들여질 수 있을 만큼 절제된 방식으로 표현하라고 배운다. 남들이 자극을 받지 않도록 배려해서 기뻐도 웃음이 도에 넘치지 않도록 조심하고 슬퍼도 눈물을 보이지 않으려고 애를 써야 하는데 하물며 가장 부정적인 감정인 분노에 있어서랴. 정당한 분노라 하더라도 적절한 수준에서 자제하지 못 하면 문제가 될 수밖에 없다. P에게는 화날 정당한 이유가 있는 경우도 드물었고 자제력도 없어서 모두 그를 피하기 바빴다. 그의 분노가 잦아들고 자제력이 생기는 데에는 참으로 오랜 기간 치료가 필요했다.

그렇다고 분노가 꼭 부정적이기만 한 것은 아니다. 누구나 자기에게 위해를 가하려는 상대에게 또는 자기의 욕망이 좌절될 때 화를 내게 된다. 자기를 보호하고 위험에서 자기를 지키기 위한 본능이기도 하고 좌절에 대한 반응이기도 한 것이다. 이런 시각에서 보면 분노는 사람에게 자연스러운 동시에 꼭 필요한 중요한 감정이다. 만약 분노라는 감정을 억누르기만 한다면 개인적으로는 위해를 가하려는 상대에게서 도망치기에 바쁠 것이고 좌절을 당해도 반항하거나 다시 도전할 용기를 낼 수도 없어 무력하고 비굴한 모습만 남을 것이다. 사회적으로는 정의로운 세상을 기대할 수 없게 된다. 분노는 주위로 퍼지기 쉬운 감정이고 사람들에게 유대를 만들어 내기 쉬운 감정이어서 인류의 역사상 동서고금을 막론하고 통치자가 가장 두려워하는 것은 백성들의 분노였고 자유와 정의를 향한 변화의 원동력도 분노였다. 비근한 예로 4·19와 6·29 그리고 촛불집회를 생각해보면 분노가 세상을 바꿔 놓는 것을 실감할 수 있을 것이다. 분노는 힘인 것이다.

분노조절장애가 사회적 문제가 되고 있지만 우리가 감정표현에 지나치게 인색하다고 생각하는 사람들도 있는 것 같다. 자기 감정에 충실하라든지 감정을 외면하거나 억제하려 하지 말라는 충고를 담은 책들이 꽤 많이 나와 있고 그 중에는 베스트셀러가 된 책도 있는 것이 그 말에 동조하는 사람들이 많다는 증거다. 무리하게 감정을 억누르는 것도 결코 좋은 결과를 가져오지 않으니까 일리가 없는 것은 아니다. 특히 무슨 일을 당해도 화낼 줄 모르는 사람은 손해를 보기 쉽다. 그러나 감정을 존중하는 것과 있는 대로 표현하는 것은 전혀 별개의 문제라는 것을 간과해서는 안 된다. 분노의 감정은 무시해서는 안 되는 것인 동시에 절제가 필수적인 것이어서 함부로 표현한다면 개인적으로는 난동이고 집단적으로는 폭동이 되어 위험을 초래하게 된다는 것도 명심해야 한다.

분노를 다루는 가장 좋은 방법은 끊임없이 표출하는 것도 아니고 터질 때까지 참는 것도 아니다. 화가 날 때마다 표현한다면 쉴 새 없이 다툼이 일어나고 참으면 병이 된다. 가슴이 답답하면서 시름시름 앓는데 뚜렷한 병리가 발견되지 않는 홧병이 대표적이다. 홧병은 감정을 말이 아니라 몸으로 표현하는 우리 사회의 독특한 문화에서 오는 우리 문화에 고유한 질병이다.

　그러니 감정을 존중해야 하는데 문제는 감정을 존중하는 방법이다. 성숙한 사람이라면 분노가 되기 전에 의사를 표현하고 상대가 나에게 분노를 일으키지 않도록 하는 것이 바람직하다고 생각할 것이다. 그러나 사회란 항상 이해가 상충되는 곳이고 다툼과 분노가 없을 수는 없다. 나는 P가 의사표현을 원활하게 하도록 하고 화를 내지 않고 삭일 수 있게 도왔다. 나는 화를 그대로 폭발시키지 않고 쌀로 술을 담그듯이 전혀 다른 모습으로 발효시키는 것을 삭인다고 말한다. 화는 참으면 터지거나 병이 되지만 곰삭으면 새로운 삶을 향한 출발점이 되어 반전을 가져오는 계기가 되기도 하고 한이 되고 승화되어 심금을 울리는 예술이 되기도 하는 까닭이다.

　사람이 화를 삭일 줄 알게 되면 욕망의 강에 일어난 높은 파도를 에너지 삼아 성숙하고 현명한 사람이 되고 우리 사회가 분노를 삭일 수 있게 되면 더 자유롭고 창조적이고 역동적인 사회가 될 것이라고 믿는다.

비둘기

　일하다가 머리를 식히려고 공원에 갔더니 '비둘기는 해로운 동물이니 먹이를 주지 말라'는 팻말이 붙어 있다. 비둘기가 평화의 상징이어서 온건파를 비둘기파라고 부르고 사람들의 사랑을 받았었는데 '해로운 동물'이라는 말이 낯설었다. 공원 매점에서 비둘기 먹이를 팔고 사람들이 뿌려준 먹이를 쪼아 먹는 비둘기들을 보고 좋아하던 시절은 가고 이제는 개체 수가 너무 많이 늘어 피해를 감당하기 힘들다고 해로운 동물로 낙인이 찍힌 모양이다.

　비둘기공포증이 있는 사람들도 있는데 그들은 비들기가 더럽고 끔찍한 동물이라고 생각해서 멀리서 보기만 해도 가슴이 쿵쾅쿵쾅 뛰고 겁에 질린다고 한다. 전에 여학생 하나는 등교 길에 학교 앞에서 먹이를 쪼아 먹으면서 돌아다니는 비둘기 떼와 마주쳤는데 그 사이를 지나가지 못 하고 집으로 되돌아가자 부모가 권해서 치료를 받으러 왔었다. 그 때만 해도 비둘기가 그리 많이 눈에 띄지 않았는데 그 여학생 말로는 곳곳에 있다면서 생각만 해도 식은땀이 난다고 했다. 지금은 어딜 가나 비둘기들이 돌아다니고 있으니 비둘기공포증이 있는 사람들은 고통이 이만저만이 아닐 것이다.

비둘기뿐만 아니라 새 공포증이 있는 사람들도 있다. 모든 새를 다 두려워하는 사람들이다. 뒷산에 갔다가 새가 울면 다른 사람들처럼 그 소리에 기분이 좋아지는 것이 아니라 머리털이 쭈뼛 서고 온몸이 긴장되는 것이다. 새 공포증을 가진 사람들 이야기를 들으면 히치콕 감독의 '새'라는 영화가 생각난다. 오래 전에 본 영화라서 몇 장면 밖에 기억에 남아있지 않지만 새가 사람을 무자비하게 공격하는 장면은 두려웠고 시커먼 새들이 무리 지어 앉아있는 것만으로도 공포심을 자아냈다. 떼 지어 날아오르면 또 무슨 재앙이 누구에게 일어날까 영화를 보는 동안 내내 공포에 사로잡혀 다른 생각을 하지 못했었던 것 같다.

공포증이나 공황장애 같은 병은 두려워 할 이유가 없을 때 공포에 떠는 것이지만 수많은 사람들이 실제로 크고 작은 위험에 부딪치며 공포를 느끼면서 살아가고 있다. 하루도 빠짐없이 일어나고 있는 사고와 범죄만 생각해보아도 알 수 있다. 메르스나 광우병 같은 질병은 또 얼마나 큰 공포를 몰고 왔던가. 그럼에도 불구하고 사람은 공포를 그렇게 자주 느끼지 않는다. '나한테는 그런 일이 일어날 리 없어'라고 비이성적으로 무시하려는 성향이 있기 때문이다. 이런 성향을 정신의학에서는 '부정'이라는 용어로 부르는데 부정을 써서 공포심을 의식 밖으로 몰아내는 것이다. 그러나 아무런 대책도 없이 부정만하면 마음의 평정을 유지하는 데에는 도움이 되지만 현실의 문제를 해결하는 데에는 도움보다는 방해가 된다.

공포에 사로잡히면 용기를 잃고 이성이 마비된다. 머릿속은 하얗게 되어 아무 생각도 나지 않고 손가락 하나도 까딱 할 수 없게 얼어붙거나 제 정신으로는 할 수 없는 격렬한 폭력으로 대항하게 되는 것이다. 그렇게까지 큰 공포가 아니더라도 오랜 동안 공포심에 눌려 살다보면 매 맞는 아내들에게서 보이는 것처럼 저항할 힘을 잃고 시키는 대로 하는 노예가 된다. 작은 공포도 사람을 조종하는 데에는 충분하기 때문에 독재자들이 여론을 조작하고 대중을 자기가 원하는 방향으로 끌어가는 데에 자주 이용하는 것도 바로 이 공포심이다. 마키아벨리도 군주는 사랑받기보다는 두려움을 느끼게 하는 편이 낫다고 한 바 있듯이 전제군주들이나 히틀러 같은 독재자들도 예외 없이 반대하는 사람들을 억압하는 데에 공포심을 이용하였다.

사람이 살면서 넘어야 할 거센 파도 중 하나가 공포심이다. 사람들은 공포를 느끼면 가장 강력한 보호자인 신에게 기도하고 의지하려고 한다. 기도가 도움이 될 수도 있겠지만 자기가 할 일은 하지 않고 신에게만 의지할 수는 없다. 옛말에도 진인사대천명盡人事待天命이라 했듯이 사람이 할 일을 다 하고 결과를 신의 뜻에 맡겨야 한다. 마비된 이성을 되찾아 턱없이 낙관하거나 무력하게 포기하지 말고 대응해야 공포심을 이겨낼 수 있다.

용기를 잃지 않고 이성을 지키는 것이 공포심을 이겨내는 길이다.

수줍은 아이

환자가 진찰을 받으러 오면서 손녀를 데리고 왔다. 맞벌이하는 딸의 아이를 보아 주고 있단다. 아이는 서너 살 되어 보이는데 안녕하세요? 하고 인사를 하라고 해도 잔뜩 경계를 하면서 진찰하는 동안 내내 할머니 등 뒤에 숨어서 눈만 빼꼼히 내놓고 눈치를 보고 있었다. 나와 눈이 마주치면 얼른 머리가 할머니 어깨 아래로 내려가 버렸다. 할머니는 애가 숫기가 없어 수줍음을 많이 탄다고 했다. 진찰을 마치고 나가는 아이에게 잘 가라고 하면서 미소를 지었더니 모기 소리만큼 들릴듯 말듯 작지만 안녕히 계세요 하고 예쁘게 인사를 하고 돌아갔다. 정신과 진찰이니 한참 얘기를 나누었는데 그 사이에 두려움과 긴장이 조금 풀어진 모양이었다.

부끄러움을 타고 수줍어하는 것도 아이마다 천차만별이다. 아무리 달래도 부모에게 딱 달라붙어서 떨어지지 않는 아이도 있고 수줍어하는 아이를 달래서 인사라도 시키면 얼굴은 빨개지고 몸은 굳어지면서 떨리는 게 눈에 보이고 어떤 때는 뭐가 그리 겁이 나는지 가슴이 뛰는 소리가 들리는 것 같을 때도 있다. 그런가 하면 처음 오는 날부터 상냥하게 인사하고 진찰실 안을 이리저리 다니며 둘러보고 궁금한 것이 있으면 서슴없이 묻는 아이도 있다.

수줍고 부끄러움을 많이 타면 불편이 많다. 하고 싶은 말이 있어도 얼굴만 붉히고 말을 꺼내지도 못하고 마는 일이 자주 생겨서 사회생활에 지장을 가져와 성격이라고 치부하고 그냥 넘기기에는 피해가 너무 크다. 우선 사람들과 사귀기가 너무 어렵다. 호감을 느낀 사람들에게 다가가지 못 하고 다가와도 선뜻 받아주지 못해 가까워질 기회를 잃기 때문이다. 심하면 글자를 쓸 때, 술잔을 주고 받을 때도 손을 떨고 말을 할 때는 목소리가 떨린다. 예전에는 무대공포증이라는 말을 썼지만 요즘은 사회공포증이라는 말을 쓴다. 정신의학적 진단명인데 사회를 겁내는 게 아니라 사교적 상황을 겁내는 것이니 사교공포증이라고 했으면 이해하기 좋았을 텐데 영어의 social을 기계적으로 사회라고 번역해서 그만 어색한 말이 되었다. 무대뿐만 아니라 사람들이 많은 곳, 때로는 빈 식당에 혼자 앉아서도 가슴이 두근거리는 경우도 있으니 무대공포증이라는 말보다는 낫다고 해야겠지만. 여하간 공포증 수준이 되면 치료가 필요한데 다행히 요즘은 좋은 약이나 치료방법들이 있어서 이겨내고 사회생활을 잘 하는 사람들이 많다.

부끄러움은 사람들을 사귀기 어렵게 만들고 사회공포증 외에도 수많은 병을 만들어내기도 하지만 사회를 유지하는 데에 없어서는 안될 중요한 감정이다. 사람들은 남과 다른 행동으로 튀어 보이고 싶어

하는 마음도 있지만 남들과 비슷하게 행동하려는 마음이 더 크다. 자기가 잘 아는 사람들의 기준이 더 큰 영향을 미치는 것은 물론이다. 모르는 사람들과 만났을 때, 외국에 나가 자기가 하는 일을 보는 사람이 없을 때 부끄러움을 덜 느끼고 더 자유롭게 행동하는 것은 대부분 경험해 보았을 것이다. 사람들이 다수의 행동을 좇아서 일반적인 행동양식이 된 것이 풍속, 풍습이고 수시로 행동방식이 변하는 것이 트렌드가 된다. 사람들은 대중의 행동을 판단의 기준으로 삼고 따라가려 하고 그 기준에 맞지 않으면 부끄러움을 느낀다. 그래서 부적절한 행동을 했을 때 돌아올 사람들의 비난을 두려워하도록 대중을 교육하는 것이 사회가 문명화되는 원동력이 된다. 문명사회에서 살려면 부끄러움을 다룰 수 있어야 하는 것이다.

부끄러움을 모르면 뻔뻔하고 다른 사람을 존중하지 않고 도구처럼 이용하며 제 이익을 위해서라면 못 하는 짓이 없어 함께하기 어렵다. 부끄러움이 지나쳐 압도되면 할머니 등 뒤에 숨어 눈치만 보고 인사조차 하지 못 하는 아이처럼 부끄러울 것이 없는 일도 할 수 없도록 옭아맨다. 어느 쪽이나 부끄러움을 다루는 데에 미숙하기 때문이라고 할 수 있다. 부끄러움을 다루는 데에 능숙해졌다면 뻔뻔스러운 처신으로 남을 불쾌하게 하거나 폐를 끼치지 않고 할 말을 못해 자기주장을 포기하지도 않게 되는 것이다.

부끄러움은 사람을 통제하는 역할을 하는 강력한 감정이지만 다만 보는 사람이 없으면 힘을 잃는다는 약점이 있다. 선악을 가르는 절대적인 기준이 아니라 나를 바라보는 대중의 시선을 통한 상대적인 기준에서 출발한 감정이기 때문이다. 인류학자인 베네딕트가 일본의 국민성을 분석한 '국화와 칼'에서 죄책감이 아니라 부끄러움을 근본으로 하는 것을 비판한 것도 바로 이 지점에서다. 죄책감은 남을 해쳤다는 양심의 가책과 두려움이고 부끄러움은 남들이 나의 다름과 부족함을 보고 있다는 창피함이다. 그러나 절대불변의 사안에 대하여는 죄책감과 부끄러움이 일치할 수밖에 없으므로 사회와 함께 변화하는 도덕관념에 맞추어 남들과 교감하기에는 죄책감보다는 부끄러움이 더 실용성이 있다고 할 수도 있겠다. 특히 최근처럼 급격한 사회의 변화와 사고의 유연성이 필요한 환경에서는 더욱 그렇다. 그리고 사회질서를 유지하기 위해서는 일정부분 대중의 수치심과 혐오감을 강화할 필요가 있다는 것도 고려한다면 부끄러움을 가볍게 볼 수만은 없다고 생각한다.

공자님을 비롯하여 동양의 옛 성현들은 모두 인류도덕의 근본으로 부끄러움을 강조하셨다. 그리고 남이 보지 않을 때에도 예에 벗어나지 않도록 수양하라고 가르치셨다. 이것을 신독愼獨이라고 한다. 남의 눈 뿐만 아니라 나의 눈에도 부끄러움이 없어야 한다면 죄책감보다 오히려 더 광범위하다고 할 수 있다. 이 것이 윤동주 시인이 '죽는 날까지 하늘을 우러러 / 한 점 부끄럼이 없기를'이라고 노래한 부끄러움의 모습이 아닐까?

닭고기

저녁에 외식하려고 가까운 식당에 갔다. 자리를 잡고 앉아 주문을 하고 옆을 보니 젊은 부부가 아기를 데리고 식사를 하면서 맥주도 한 잔씩 곁들여 마시고 있다. 엄마가 닭튀김을 살만 잘게 뜯어 아기 입에 넣어주면 오물오물 씹어 맛있게 먹으면서 한 번씩 엄마 아빠를 쳐다보며 해맑게 웃는다. 아기를 바라보는 내외의 표정이 흐뭇해 보이고 어미새가 둥지에서 기다리고 있던 아기새 입에 먹이를 넣어주는 장면을 연상시킨다.

닭고기를 먹고 있는 모습을 보며 문득 엊그제 오래 된 수필잡지들을 정리하다 읽었던 시가 생각이 났다.

베드로는 닭고기를 먹었을까?

닭울음이 들릴 때마다 경기에 시달렸을 것이며
닭이 보이면 피해 다녔을 것이고
너무 가난해서 닭고기는 절대로 먹지 못했을 것이고

십자가에 거꾸로 매달려 순교하기까지 계란엘러지에 시달렸을 것이며
울고 싶어질 때마다 닭고기를 물어뜯고 싶었을 것이다.

- 유안진, 전문

성경에는 예수님께서 최후의 만찬 자리에서 베드로에게 '너는 닭
이 두 번 울기 전에 세 번 나를 모른다고 하리라.'고 말씀 하셨다고
써 있다. 예수님이 잡혀가시고 그는 예언 대로 그날 밤 예수의 제자
임을 세 번 부인했고 닭울음 소리를 듣고서야 자기가 잘못했다는 것
을 알아차렸다고 한다. 예수님이 돌아가시고 그는 어떤 마음으로 살
았을까? 지켜 드렸어야 했는데 도리어 거짓말까지 하면서 도망친 자
기가 얼마나 미웠을까.

로마 성벽 밖에 쿼바디스라는 작은 성당이 있다. 네로황제의 박해
를 피해 로마에서 도망치던 베드로에게 예수님의 환상이 나타났다가
사라진 자리에 세워졌다는 성당이다. '주여 어디로 가시나이까?'(쿼바
디스 도미네?) 묻는 베드로에게 예수님은 로마에서 다시 한 번 십자가를
지겠다고 하셨다고 한다. 환상에서 깨어난 베드로는 지체 없이 로마
로 되돌아가서 전도하다가 십자가에 거꾸로 매달려 순교한다. 피난
가던 발길을 되돌리고 십자가에 바로 매달릴 자격도 없다고 거꾸로
매달리게 만드는 건 죄책감의 힘이다.

시인의 말처럼 죄책감을 상기시키는 것들은 어떤 대가를 치르더라
도 모두 피하고 싶고 멀리 달아나고 싶어진다. 죄책감은 남에게 해가

되었을 때 자책하며 느끼는 감정이어서 사람이 견디기에 너무나 어려운 고통 중 하나이기 때문이다. 사람들은 보통 어떤 일이 괴로우면 괴로울수록 더 무슨 수를 써서라도 그 일을 꽁꽁 싸매어 억압해서 무의식 안으로 밀어 넣어 기억에서 지워 버리고 살아 간다. 그러나 기억에서는 지워져 까맣게 잊혀졌더라도 무의식 안에 갇힌 죄책감의 힘은 변하지 않아서 알게 모르게 마음에 커다란 영향을 미친다.

죄책감이 사람의 마음에 커다란 영향력을 가지는 이유는 양심이 모습을 드러내는 방법 중 하나이기 때문이다. 양심에 꺼려지는 일이 있으면 죄책감이 스멀스멀 올라오면서 마음이 불안해지고 자신감이 없어지는 반면 꺼릴 일이 없으면 마음이 편해지고 당당해진다.

그런데 양심은 사람마다 발달 정도가 사뭇 달라서 불량한 사람도 있고 지나치게 커져 비대해진 사람도 있다. 양심이 불량하면 죄책감이 없거나 있어도 어떤 잘못에 대해서는 전혀 죄책감을 느끼지 않아서 큰 잘못을 저지르고서도 태연하다. 바늘도둑이 소도둑 되듯이 크고 작은 말썽이 끊이지 않고 이어지면서 점점 더 큰 잘못을 저질러 심하면 범죄자나 싸이코패스가 된다.

반대로 양심이 너무 비대해지면 죄책감이 커서 보통 사람들은 관심도 두지 않을 작은 잘못에도 지나치게 자책하고 자기를 비하하고 소심해지고 당연히 벌을 받아야 한다고 생각한다. 나아가서는 결과를 뻔히 알면서 일부러 벌 받을 짓을 해서라도 기어코 벌을 받고서야 안도하는 사람들도 있다. 양심이 아무 때나 가혹한 기준을 들이대면서 죄책감을 일으켜 마음을 괴롭히기 때문에 자학을 하는 것이다.

누구나 죄책감과 맞서기보다는 회피하고 싶은 마음이 앞서지만 극복하려면 고통을 감내하고 스스로 또는 정신과의사와 함께 성찰해서 무의식 안에 숨겨진 원인을 찾아 반성하는 데에서 시작해야 한다. 이런 과정을 거쳐 양심이 원숙해지면 죄책감은 순화되고 마음에 평화가 깃들게 된다.

죄책감에 시달리는 마음은 지옥이다. 그러나 베드로 사도라면 한동안은 힘들었겠지만 나중에는 죄책감을 순화하고 닭울음 소리에 얽매지 않고 평화로운 마음으로 살다가 양심의 명령에 따라 예수님이 가신 길을 뒤따르지 않았을까 생각해본다.

산 낙지

   친구 몇이 저녁을 먹으러 해물탕집에 갔는데 큼직한 냄비에 해물, 채소가 그득히 담겨 나왔다. 가스 불 위에서 국물이 지글지글 끓기 시작하자 종업원이 다리를 이리저리 움직이고 있는 산 낙지를 가져 와서 국물에 넣어 잠시 끓이더니 가위로 먹기 좋은 크기로 잘라 놓고 갔다.

   해물의 신선도를 보여 주려는 뜻이겠지만 이리저리 움직이는 다리 들을 자르는 모습은 늘 보면서도 그리 유쾌하기만 하지는 않다. A가 젊어서 자주 가던 무교동 막걸리집 이야기를 꺼냈다. 대학 시절 무교 동에는 낙지집이 셀 수 없이 많았고 보통은 매콤한 낙지 요리 한 가 지에 시원한 조개탕 한 냄비를 시켜놓고 막걸리에 흠뻑 취하곤 했다.

   어쩌다가 산 낙지를 시키면 잘라서 접시에 담아 가져왔는데 이리 저리 기어 다니는 다리를 기름소금에 찍어 먹으면서 빨판이 뱃속에 달라붙지 않게 잘 씹어 먹으라고 농담을 건네곤 했다. 내가 이 근처 에도 무교동 낙지라는 간판을 붙이고 있는 집들이 있는데 언제 한 번

가볼까 했더니 A가 벌써 가봤는데 조리방식이 다른지 나이가 들어 입맛이 달라졌는지 모르겠으나 옛날 그 맛은 나지 않고 맵기만 해서 옛날이 더 그리워지더라고 한다. 산 낙지를 외국 사람과 함께 먹은 이야기도 나왔다. 처음에는 깜짝 놀라 손을 저으면서 먹지 않더니 몇 번 간 후 이제는 곧잘 먹는다고 하면서 연체동물 요리에 낯선 사람은 혐오감을 느낄 만도 하다고 했다.

D도 사람들은 낯선 음식에 혐오감을 느끼기 쉽다면서 어린 조카에게 생굴을 먹였다가 작은 소동이 벌어졌던 이야기를 했다. 어른들이 먹는 것을 보고 아이가 호기심을 보이면서도 망설이기에 입에 넣어 주었더니 뱉어내고 울음을 터뜨려 가족들의 눈총을 받으며 달래느라 진땀을 흘렸다고 했다. 하기는 비릿한 냄새에 미끌미끌하고 물컹한 식감이 혐오감을 느껴도 이상할 것이 없다.

혐오감은 아마도 자기 방어를 위해서 타고난 감정일 것이다. 혐오감이 들면 멀리하게 되니까 혐오감을 주는 쪽이나 느끼는 쪽이나 서로 다 위험을 미연에 방지할 수 있게 되기 때문이다. 그런데 식도락에는 혐오식품이 다수 포함되어 있다는 것이 흥미롭다. 생굴은 처음에는 먹기가 쉽지 않지만 세계 어느 나라에서나 즐겨 먹는 요리이며, 달팽이나 개구리 뒷다리도 고급요리에 들어 있고 악취를 풍기며 혀와 코를 괴롭히는 삭힌 홍어도 매니아들에게는 최고의 별미다. 북구에는 홍어보다 서너 배 더 심한 냄새가 나는 청어절임이 있는데 발효가 돼서 먹을 수 있는 날을 손꼽아 기다리는 사람들도 있다고 한다.

혐오감을 넘어서면 진가가 보이고 사랑하게 되는 경우들이다.

혐오감을 자극하는 것은 비단 음식뿐만이 아니다. 강한 자극은 모두 고통을 주고 혐오감을 일으키지만 가장 큰 혐오감은 다른 무엇보다도 사람에게서 온다고 생각한다. 지저분하거나 야비하거나 무례하거나 독선적이거나 가학적이거나 등등, 일일이 예거하자면 혐오스러운 사람들의 목록은 끝이 없을 것 같다. 어제 진찰했던 여성도 맡은 일이 아니라 팀장 때문에 골머리를 앓고 있었다. 팀장은 유능하다고 윗사람들에게는 인정을 받지만 팀원들에게는 혹독하고 좋아하는 사람과 미워하는 사람을 명확히 갈라서 한 사람을 골라 사정없이 괴롭히는데 수시로 그 대상이 바뀐다고 한다. 이번에는 자기가 목표물이 되었는데 인격모독이 심해 참기가 너무 어렵다고 얼굴이 붉으락푸르락 하면서 말을 하더니 끝내는 눈물까지 비친다. 말을 하고 나니 좀 낫다고 하면서 언제가 될지 모르지만 또 팀장의 괴롭힘이 다른 사람에게 돌아갈 때까지 잘 견딜 수 있게 도와 달라고 부탁하고 약 처방을 받아 갔다.

팀장과 팀원이 서로 혐오하고 있는 상황인데 혐오스러운 음식은 안 먹으면 그만이지만 혐오스러운 사람은 어떻게 해야 할지, 더구나 매일 대해야 하는 사람이라면 참 난감해진다. 음식의 경우처럼 혐오감을 참고 잘 지내려고 노력하면 괴롭히기를 멈출까? 사이가 좋아질 수 있을까? 아마 어려울 것이다. 횡포를 부리면 모두 싫어하지만 작은 힘이라도 생기면 자기도 모르는 사이에 횡포를 부리기 쉽고 상대가 굽히면 더 기고만장해서 자기 잘못을 깨닫지 못 한다. 소위 '갑질'을 하게 되는 것이다. 혐오감을 일으키는 행동은 개인이 인내와 수용으로 해결할 일이 아니라 매스컴에서 갑질을 보도하듯이 조직과 사회의 교육과 압력으로 제지해야 줄일 수 있다고 생각한다.

재미

카페에서 차 한 잔을 마시면서 친구를 기다리고 앉아 있으려니 무료하다. 늦는다는 연락이 있었으니 한참 기다려야 할 텐데 마땅히 할 일이 없어 휴대폰을 꺼내 들고 인터넷으로 여기저기 둘러보는데 흥미로운 기사가 없다. 그래도 눈은 쉬지 않고 글을 따라가고 있는데 기억에 남는 건 없고 무엇을 읽고 있는지 의식조차 못 하면서 계속 읽고 있다는 생각이 들어 갑자기 내가 뭘 하고 있는지 의아해진다. 애초에 목표가 없었으니 항상 무엇인가 읽던 습관대로 읽는 행위 그 자체를 즐기고 있었을 것이다. 그래도 읽기조차 하지 않았더라면 무료함을 달랠 방법이 없었을 텐데 뇌에 활자를 입력하는 게 도움이 되었으니 활자중독이라고나 할까.

활자중독이라는 단어에 엊그제 왔던 젊은 연구원이 생각난다. 진행 중인 프로젝트가 할 일이 많아서 야근까지 해야 하는데 학위과정이 아직 끝나지 않아 실험도 하고 논문도 써야 하고 집에 가면 녹초가 되지만 불안해서 인터넷 서핑을 몇 시간이나 해야 잘 수가 있다고 했다. 무슨 의미를 둘 수 없는 것이 아무 사이트나 들어가니까 그냥 시간낭비일 뿐 그 이상은 아닌데 불안을 다스리려고 인터넷 서핑을 하다가 새벽에 잠드는 날이 허다하다고 하였다. 낮에 졸음을 못 이기는 건 너무나 당연한 일이고 내일 일에 지장이 올 줄 뻔히 알면서 절제가 안 되는 게 인터넷중독, 활자중독인 것 같다고 하는데 공감이 되었다. 글자를 보는 것 자체가 불안을 줄여준 셈이다.

무료하다, 심심하다는 느낌은 뇌가 자극이 부족하니 무언가 자극이 될 만한 일을 찾아내라고 보내는 신호다. 자극은 뇌에 밥과 같고 공기와 같다. 뇌는 자극을 받는대로 뇌세포들 사이에 새로운 연결을 만들면서 발달하고 자극이 없으면 연결이 끊어지면서 기능이 둔해지기에 하는 말이다. 뇌는 자극이 지나치거나 모자라는 것을 싫어하고 재미있는 자극을 좋아한다. 눈으로 활자를 보는 것만으로도 뇌에 자극이 되었을 것이다. 재미없는 자극이어서 금방 싫증이 났지만. 이런 자극에는 뇌가 더 재미있는 자극을 찾으라고 신호를 보내기 때문에 사람은 늘 더 재미있는 일을 쫓아다니게 된다.

힘들면 나도 모르게 단 음식이 입에 당기는 것도 재미있는 일을 기다리고 있는 뇌를 달래는 것이고 일하다 지치면 짬을 내어 친구들과 놀기도 하고 운동도 하고 멀리 놀러 가는 것도 마찬가지다. 바둑을 두거나 게임을 하거나 책을 읽거나 음악을 듣는 것도 다 재미를 위해서다. 뇌세포가 오랫동안 자극이 없으면 흥분할 일을 요구하기 때문에 일부러 시간 보낼 일을 만들어서 하기도 한다. 재미있는 일을 찾지 못 하면 의욕을 잃고 오래 세워놓은 자동차가 방전되어 시동이 잘 걸리지 않게 되는 것처럼 머리가 잘 돌아가지 않는 경우도 생긴다.

재미는 뇌가 좋아하는 자극이다. 미하일 칙센트미하이가 몰입의 즐거움을 말하듯이 재미가 사람을 일에 열중하게 만들어 무엇인가를 이루어내는 원동력인 것이다. 공자님께서 '아는 사람은 좋아하는 사람만 못하고 좋아하는 사람은 즐기는 사람만 못하다'고 하신 것도 바로 이것을 이르는 것이라고 생각한다. 무슨 일이든 재미가 없으면 오래 계속하지 못하고 재미가 있으면 멈추지 못 한다. 무엇을 이루고 싶다면 먼저 그것을 즐기는 것이 지름길이다.

이윽고 친구가 도착해서 이런 저런 얘기를 나누기 시작했는데 얼굴이 환하고 활기가 느껴진다. 정년퇴직을 하고 나서 하는 일없이 쉬고 놀려니 점점 맥이 빠져 늘어지고 지루하다 못해 머리도 멍하더니 이제 살맛이 난다고 한다. 전에 만났을 때 축 쳐져 있어서 우울증이 깊어지지 않게 치료도 받고 좋아하는 일을 하라고 권했는데 그 말을 듣고 치료를 받으면서 용기를 내서 관심을 가지고 있던 야생화 공부를 시작했는데 재미가 있다고 좋아한다. 알수록 꽃도 더 많이 보이고 예뻐 보인다며 웃는 모습이 예전같이 돌아간 것 같아서 보는 나도 기쁘다. 항상 재미있는 일만 하고 살 수는 없지만 사람은 역시 재미가 있어야 살맛이 나는가 보다.

사람은 단순히 욕망을 채우는 데에 그치지 않는다. 배가 고프면 배 불리 먹는 것에 만족하지 않고 멋진 식탁에서 자기 입맛에 맞게 잘 차려진 음식을 즐기며 더 큰 재미를 얻으려 한다. 이렇게 해서 식욕이 식도락, 식문화가 되고 공격심이 권투, 축구와 사냥이 되면 삶에 품격이 생기고 풍요로워지니 사람의 근본적인 욕망에 재미를 더하여 문화를 만드는 것이다. 재미는 욕망을 삶고 볶아 맛을 깊고 풍부하게 만드는 요리사요, 욕망 위에 아름다운 빛갈의 옷을 입히는 디자이너인 것이다. 다만 이 뛰어난 요리사가 만드는 음식에 유혹적인 정크푸드도 있다는 것을 기억할 필요가 있다. 알코올, 게임, 도박, 마약 같은 것들. 나쁘거나 해롭거나 금지되어 더 매력적인 그것들의 유혹을 넘어서는 것은 먹는 사람의 양식에 달려있다.

재미는 선택이 아니라 필수고 사람이 받을 수 있는 최고의 선물이다.

공부만 하면

인터넷 서핑을 하다가 우연히 우리 만화 하나가 영어로 소개되어 뜨거운 논쟁을 일으키면서 댓글이 무수히 달린 것을 보았다. 내용은 한 엄마가 아이에게 환경미화원을 가리키면서 너도 공부 안 하면 저렇게 된다고 하고 다른 엄마는 네가 열심히 공부하면 저 사람도 행복하게 살게 해줄 수 있을 거라고 말하는 것이다. 댓글은 노동의 가치를 폄훼했다는 원론적인 것에서부터 거리를 청소하는 사회에 꼭 필요한 사람들을 비하했다는 비난도 있고 대학을 나와 IT기업에 입사한 나보다 월급이 많은 직업인데 무슨 소리냐는 자조 섞인 것도 있었다.

사실 부모가 아이에게 이런 말을 하는 것은 우리에게 너무나 익숙한 상황이고 그 만화를 그린 만화가는 그리 깊이 생각하지 않았을지 모르겠다. 그렇지만 환경미화원을 실패자고 구제대상이라고 보는 사고는 바람직하지도 않고 현실에 맞지도 않는다. 환경미화원 모집에 경쟁이 얼마나 세고 남들이 부러워하는 자격증을 가진 사람들까지도 지원하는지 뉴스를 보지 않았던 모양이다. 이런 사고가 일자리는 없다고 하면서 힘든 일은 사람을 구할 수 없어 외국인 노동자가 그 자리를 채우게 만드는 원인 중 하나일 것이다. 예전에 우리 나라 사람들이 부러워하는 직업을 가지고 있으면서 굳이 밝힐 필요가 없는데 자기가 전에 청소부였다고 아무렇지도 않게 말하는 미국 여자를 만난 적이 있다. 미국에서 이런 일이 보편적인 것인지는 알 수 없으나 우리보다는 편견이 적을 수 있다는 생각이 들었던 것을 기억하고 있다. 우리나라에서는 이 만화에 이런 댓글들이 달리지 않았을 것 같다. 남을 비하하고 무시하려 드는 바람직하지 못한 습관이 남을 존중하는 외국의 문화와 비교되는 작은 예가 아닌가 생각하였다.

만화에 나온 두 엄마가 관점은 다소간 차이가 있지만 둘 다 자녀들에게 공부하라는 메시지를 주고 있는데 오바마 미국대통령도 감탄하게 만든 우리나라의 교육열은 정말 대단하다. 서양에서는 학교에 들어가기 전에는 공부를 시키지 않는다던데 우리는 유치원에 가기 전에 다니는 어린이집에서도 실컷 뛰고 놀지 않고 학습이 시작된다. 심지어는 어린이집에 입학하기 전에 한글을 다 가르쳐서 데리고 오라는 곳도 있다고 한다. 아이가 커갈수록 새벽부터 밤까지 학교에서 학원으로 옮겨 다니며 공부에 바쁘고 부모들은 뒷바라지 하느라, 맞벌이 하느라 바쁘다. 아이들 교육을 위해서라면 무엇이든지 다하고 기러기 아빠가 되어 부부가 떨어져 사는 것도 감수한다. 이렇게 부모가 희생을 무릅쓰고 아이들의 공부에 올인 하다 보니 가정의 모든 일이 아이들 중심으로 돌아가고 있다.

그렇지만 부모의 모든 관심은 시험에서 몇 점을 맞았는지, 몇 등인지에만 가 있고 정작 중요한 것, 아이가 행복한지 불행한지는 알려고도 하지 않는 가정이 많다. 공부와 성적만 강조하다 보니 다른 부분에 소홀한 점이 생기는데 가장 아쉬운 부분이 정서적인 면, 정서적으로 미숙한 아이로 자라나는 것이다. 아이들끼리 다 같이 어울려 놀지 못 하고 왕따가 되는 아이가 생기고 멀쩡한 친구를 표적을 만들어 괴롭히면서 좋아하는 가학적인 아이도 생겨난다.

요즘 자주 일어나는 도로 위의 분노 역시 정서적 미숙과 관계가 있다고 생각한다. 남을 배려하지 않고 위험하게 끼어드는 차나 놀라게 했다고 끼어든 차를 쫓아가서 보복하고 결국은 폭력사태로 이어지는 것은 분노 조절에 실패하기 때문이다.

이중주차를 해놓고 차를 빼주지 않는다고 차를 부순 사건, 층간소음으로 다투다가 살인까지 일어난 최근 뉴스는 우리가 감정조절에 얼마나 심각하게 실패하고 있는지 절감하게 만든다.

감정조절이 어려워진 것을 스트레스가 많은 사회환경 탓으로 돌릴 수도 있겠지만 위험을 무시하고 남을 놀라게 하는 조급함도, 그런 행동에 똑같은 방식으로 맞대응 하는 것도 근본적으로는 모두 정서적 미숙이 드러난 것이다. 어른이라면 좀더 성숙한 방법으로 대응해야지 아이들처럼 주먹다짐을 해서는 곤란하다. 어려서부터 지식만 가르치려 하지 말고 여러 아이들이 같이 놀게 해야 남을 불편하게 만들지 않고 남들과 갈등을 풀어가면서 함께 살아가는 방법을 깨우치게 할 수 있다. 뉴스에서는 심호흡을 하면 화가 물러난다고 가르쳐 주는데 좋은 방법이기는 하지만 불행하게도 분노가 심각한 수준에 도달

했을 때는 그런 방법을 써서 참을 생각조차 나지 않는다.

　지식을 배우는 공부만 중요한 것이 아니다. 남들과 어울려 놀면서 감정을 다스리고 함께 살아가는 방법을 익히는 것 역시 중요한 일이다. 아이들에게 즐겁게 노는 시간을 돌려주어야 한다. 사람이 사회를 이루고 살아가려면 정서발달은 성장의 가장 중요한 과제라는 것을 잊어서는 안 된다.

3
마음 속의 강

도덕경에 무는 천지의 시작이요, 유는 만물의 어머니라 하였는데
사람의 마음에 관한 한 욕망이 만물의 어머니다.

마음 속의 강

영하 10도가 넘는 혹독한 입춘 추위가 물러가고 주말에 날이 푹해졌기에 뒷산에 올랐다. 누에다리를 건너면서 강 쪽을 바라보았더니 높이 솟아 오른 빌딩들과 아파트들만 촘촘하게 늘어서 있고 강은 보이지도 않는다. 한강의 기적이라는 찬사를 들으며 이루어낸 경제개발이 인적이 드물던 강가의 늪과 뽕나무 밭을 번화한 도시로 바꿔 놓은 것이다. 강가에 아파트들이 새로 지어질 때마다 주민들을 불러 들였고 고급 상품들을 파는 백화점과 즐비하게 늘어선 가게들은 사람들이 몰려와 욕망을 소비하는 새로운 공간이 되었다. 차들도 8차선 도로를 꽉 메우고 교통 체증에 가다 서다를 반복한다. 이제는 엄청난 인구가 북적거리고 빌딩들이 숲을 이루고 있는 새 도심이 된 것이다.

다리 건너 몽마르뜨공원에서 보니 높은 건물들만 시야를 가득 메우고 있어 마치 빌딩들이 공원을 포위하고 내려다 보고 있는 것 같아 답답하다. 자리를 옮겨 공원의 남서쪽 모퉁이까지 돌아가니 비로소 여의도 쪽으로 흘러가고 있는 한강과 다리가 잠깐 보이는데 빼곡하게 들어선 빌딩들과 아파트들 사이를 강이 뚫고 나온 것처럼 보인다.

서울 사람들은 한강에 의지해서 산다. 팔당호를 필두로 곳곳에 들어선 취수장에서 강물로 수돗물을 만들고 상류에 여러 개의 댐들을 지어 전기를 생산하고 메마른 논에 물을 대기도 한다. 댐들은 커다란 호수를 만들어 관광지들이 생겨났고 강 위에는 유람선이 다니고 둔치 곳곳에도 휴식 공간이 만들어졌다. 물밑에 사는 물고기들도 낚시꾼들에게 짜릿한 손맛을 즐기게 해주고 있다. 서울에 한강이 있듯이 런던 파리 베를린 로마 뉴욕 워싱턴DC를 비롯해서 세계의 대도시들은 강이 흐르는 곳이 많다. 강은 도시의 젖줄이다.

사람들의 마음 속에도 강이 흐른다. 그것은 창조와 파괴를 부르는 욕망이 흐르는 강이다. 이 강이 사람에게 전기가 되고 수돗물이 되어 힘이 솟아나게 하고 생동하게 하는 정신의 젖줄이다. 한강이 장마가 지면 홍수가 나 범람하고 가뭄이 들면 바닥을 드러내는 곳도 생겨 댐과 보를 만들어 수위를 조절해야 하듯이 욕망의 강도 때로는 범람하지 않게, 때로는 말라 강 바닥이 드러나지 않게 관리해야 한다. 욕망이 범람하면 위험하고 바닥나면 무기력하다.

욕망의 강에 사는 물고기들은 위험한 종류도 있어서 파국을 몰고 올 수 있는 것들은 놓치지 않도록 따로 가두어 두어야 한다. 자아가 파국을 막기 위해 억압이라는 견고한 그물 안에 위험한 욕망들을 격리해 놓은 곳이 무의식이다. 격리된 욕망들이 화장하지 않은 민낯으로 모습을 드러내는 일은 결코 용납되지 않고 그 것들이 일으키는 물결들만 보이는데 수면 위에 드러날 때는 그물 안 물고기와는 전혀 다른 모습이 된다. 어떤 물고기가 어떻게 큰 물결을 일으키는지 소용돌이를 만드는지에 대해서는 이론가마다 설명이 다르다. 프로이드는 유아성욕설을 주장하면서 외디푸스 콤플렉스를 지목했고 아들러는 열등감을, 멜라니 클라인은 공격성과 시샘을 추가하였고, 코훗은 자기애를 볼비는 애착을 샌들러는 안전을 가장 중요하게 생각했다. 여하간 자아 또는 자기라는 이름의 배는 이런 물결들을 타고 강물을 헤쳐 나간다.

욕망은 극복해야 할 그 무엇이다. 극복은 욕망을 무조건 억압하거나 말살하는 것이 아니고 파괴적인 속성을 승화시켜 창조적으로 만들고 풍요를 가져오도록 바꾸는 것이다. 병 들거나 허약해진 욕망을 건강하게 하고 살아 숨쉬게 만드는 것은 정신분석의 목표이다.

도덕경에 무는 천지의 시작이요, 유는 만물의 어머니라 하였는데 사람의 마음에 관한 한 욕망이 만물의 어머니다. 욕망이 없다면 애당초 아무 것도 일어나지 않고 욕망이 한 번 일어나면 일파만파 수많은 일들이 꼬리를 물고 끝없이 이어진다. 한강의 기적은 사람들의 욕망에서 시작되어 새로운 길을 닦고 차를 만들고 빌딩을 지은 것이고 경제발전은 욕망이 쌓아 올린 탑이다.

멀리 보이는 강 한 자락에 오늘도 쉼 없이 흘러 가고 있는 강물과 내 마음 속을 흐르는 강물을 한 동안 바라보다가 돌아왔다.

안나 오

딸이 늑막염을 앓는 아버지를 극진히 간호하다가 병을 얻었다. 여러 가지 증상이 나타났지만 신체적으로는 병의 원인을 찾을 수 없었다. 노이로제 증세가 생긴 것인데 아버지가 병을 이기지 못하고 돌아가시자 증세가 극심해졌다. 공수병처럼 물을 마시지 못하는 증세가 6주 동안 지속되거나 모국어인 독일어는 알아듣지 못하고 영어 불어 이탈리아어로만 소통이 되거나 환각이 나타나기도 하고 팔이 마비되기도 하였다.

딸의 주치의는 브로이어라는 의사였는데 신체적 원인을 찾지 못하자 최면치료를 하였다. 치료 중에 그녀가 잊고 있던 사건들과 거기에 딸린 불편한 감정들을 떠올렸고 그럴 때마다 증상이 하나씩 사라졌다. 예를 들면 간호하고 있던 중에 밖에서 음악 소리가 들려오자 나가 보고 싶었지만 아버지를 생각해서 참았다. 그 때 마른 기침이 났는데 그 후로는 같은 종류의 음악 소리를 들으면 마른 기침을 했다. 치료 중에 처음 기침이 나던 순간을 기억해내고서는 마른 기침을 하는 증상이 사라졌다.

브로이어는 자기를 따르던 프로이드에게 이 환자에 대한 이야기를 했고 최면을 공부하려고 파리에 유학까지 했던 프로이드는 커다란 흥미를 느꼈다. 무의식과 증상의 관계를 주목한 두 사람은 연구를 계속해서 '히스테리 연구'라는 논문을 공동으로 내기도 하였다. 여기에는 여러 환자의 사례가 등장하는데 첫 사례가 바로 이 환자고 '안나 오'라는 가명으로 소개 되었다. 히스테리 연구는 정신분석의 출발점으로 여겨지고 있다.

임상 경험이 쌓이면서 프로이드는 모든 환자들이 안나 오처럼 최면으로 치료되는 것이 아니라는 것을 깨닫게 되었고 곧 보다 나은 방법을 찾아냈다. 최면 없이 카우치에 누워서 머릿속에 떠오르는 생각을 모두 말하게 하는 방법이었는데 그 것을 '자유연상'이라고 불렀다. 그는 이 방법으로 환자들의 무의식계를 탐험하면서 환자들이 공통적으로 어린 시절에 있었던 성적인 유혹을 기억해내는 것을 보고 성적 본능이 사람의 행동을 결정하는 가장 중요한 욕망이라는 가설을 세웠다. 그는 사람의 정신세계에서 의식은 빙산의 일각일 뿐 무의식이라는 보다 큰 정신세계가 있고 여러 가지 욕망들이 그 안에 갇혀 상징적으로 밖에 표현되지 못 하지만 그 중에 성적 욕망이 사람의 정신과 행동을 좌지우지하는 가장 중요한 욕망이라고 생각하게 된 것이다.

사람들의 욕망은 드러나 있다. 과학자가 되고 싶어 하는 사람도 있고 소설가가 되고 싶어 하는 사람도 있고 부자가 되고 싶어 하는 사람도 있고 대통령이 되고 싶어 하는 사람도 있다. 그런데 왜 욕망이 무의식 안에 갇혀 있다고 하는가? 사람들이 모여 사는 사회에서는 모든 욕망이 허용될 수는 없고 소위 금기라고 부르는 제한이 있게 마련이다. 바로 그렇게 금지된 욕망들이 무의식 안에 갇혀 있다는 것이 프로이드의 생각이다.

그가 주목한 것은 무의식이 형성되는 어린 시절의 욕망이다. 자기분석을 하던 중 아이가 이성 부모에게 성적욕망을 품고 동성 부모와는 적대적이 되는 경향이 있다는 것을 발견하고 소포클레스의 비극 '오이디푸스 왕'의 이름을 따서 오이디푸스 콤플렉스라고 부르면서 이것이 노이로제의 근본적 원인이라고 생각했다.

무의식이라는 개념은 이해하기 쉽지 않아서 나는 '아비를 해치고 어미와 자고 싶어 하는 청년'을 본 적이 없다고 오이디푸스 콤플렉스 개념을 조롱하는 목사도 있었다. 물론 그런 사람은 정신병자들 중에도 찾아볼 수 없고 무의식계의 내용이 의식계에 드러날 때는 여러 번 변형되어 원래의 모습을 짐작조차 할 수 없는데 무의식에 대한 이해가 없어 생긴 오해일 뿐이다. 프로이드는 부모 사이에 끼어서 자겠다고 떼쓰는 아이들부터 윗사람들의 능력을 질투하고 불화를 빚는 사람들까지 다 부모와 자녀의 삼각관계로 설명한 것이다.

성에 대해서 지극히 억압적이었던 19세기 비엔나에서 어린아이에게 성욕을 거론하자 천사와 같은 순진무구한 어린아이들을 모욕한다는 비난이 빗발쳤으나 그는 굽히지 않았다. 처음 그와 뜻을 같이 했던 몇몇 사람들조차도 오이디푸스 콤플렉스 이론에 반대하면서 떠나갔다. 그의 저서 '꿈의 해석'이 처음 출간되었을 때 100부도 팔리지 않았지만 정신분석에 대한 관심은 꾸준히 확산되었다. 정신과의사들의 임상 진료뿐만 아니라 인접학문에서도 관심을 가지고 세계 각국의 문화에서 오이디푸스 콤플렉스를 찾아내 그것이 인류 공통의 심리라는 것을 보여 주었다.

안나 오는 브로이어와 프로이드에게 무의식계라는 거대한 새로운 정신세계를 보여 준 첫 사람이다. 그녀는 브로이어가 베니스로 이주한 이후에도 여러 의사들의 치료를 받고 회복되어 독일에서 봉사자의 삶을 살았다고 한다.

아버지를 닮는 아들

어제는 반가운 손님이 왔다. 미국에 사는 조카네 가족이 오랜만에 서울 나들이를 하면서 나를 찾아온 것이다. 집에 오면 이리 뛰고 저리 뛰면서 놀던 개구쟁이로만 기억나는 조카가 의젓한 아버지가 되어 아들 하나를 데리고 내외가 함께 왔다. 아이가 조카가 어렸을 때 모습과 꼭 닮아서 묻지 않아도 부자간인 줄 알 수 있을 정도였다. 낯이 선지 처음에는 얌전하게 앉아 있더니 조금 지나자 일어나서 여기저기 둘러보고 뛰어다니는데 하는 양이 조카가 그 나이 때 하던 것과 똑같다. 걷고 뛰는 모습까지 어쩌면 저렇게 닮았는지 신기하기까지 하다.

아들은 아버지를 닮는다. 외모야 유전자가 반은 같으니 그렇다고 하더라도 자라면서 보고 배운 것들이 없고서는 표정이며 행동이며 말투와 제스처까지 그리 닮을 수 없다. 아버지는 아들의 롤모델이어서 아들은 의식, 무의식적으로 그를 배우려고 부단히 노력한다. 프로이드는 이런 심리를 오이디푸스 콤플렉스로 설명했고 아들러는 아이가 자기 주위에 있는 가장 강한 사람을 본받는다고 설명했다. 사람을 움직이는 가장 강력한 동기를 강한 사람이 되고 싶은 욕망에서 찾은 것이다.

진료실에서 상담을 하다보면 여러 가지 고민들을 듣게 되는데 강해지고 싶은 욕망을 드러내는 환자들이 많다. 신부님이 되고 싶어 하는 소년을 만난 적이 있는데 아버지는 엄격하고 보수적인 분이어서 소년은 항상 복종해야 했다. 그가 사는 산골 마을은 외딴 곳이어서 주민도 많지 않아 일요일마다 신부님이 오셔서 미사를 드렸는데 아버지도 신부님을 존경하고 깍듯이 모셨다고 한다. 일요일마다 아버지의 모습을 보면서 마음속으로 '커서 꼭 신부님이 돼야지' 하고 다짐했다. 그 소년은 자라서 신학교에 지원했지만 합격을 하지 못 하고 사관학교에 입학해서 군인이 되었다. 그의 숙부가 장교로 근무하고 있었는데 아버지는 그를 자랑스럽게 생각하고 아들들에게 숙부에 대한 이야기를 많이 했다고 한다.

강해지고 싶은 욕망은 자기가 소망하는 절대적인 기준을 넘어서려는 자기애적 욕망이기도 하지만 남보다 우위에 서려는 욕망인 경우가 많다. 친구들 사이에서 제 마음대로 하려는 어린 아이의 단순한 욕망에서부터 남보다 더 좋은 차를 타고 싶고 더 많은 것들을 소유하고 싶고 더 예쁜 여자친구를 사귀고 싶어 하는 욕망을 지나 더 많은 학식과 능력이나 지혜를 가지고 싶어하는 등 자라면서 여러가지 변주가 일어난다. 강해지고 싶은 욕망이 더 교묘하게 나타나는 것은 꾀병을 부리는 아이의 경우다. 아픈 아이는 하기 싫은 공부는 물론이고 자기가 해야 할 일들을 모두 면제 받고 원하는 대로 관심과 주목을 받게 되고 막강한 힘을 가진 부모가 자기 말대로 다 들어주게 만든다. 약해짐으로써 더 강해지는 것이다. 말썽을 부리는 아이도 마찬가지여서 일단 꾸중을 듣지만 말썽을 부리지 않도록 여러 가지 반대급부가 주어진다.

강해지고 싶은 욕망의 뿌리는 예상할 수 있듯이 자기가 약하다는 생각인 경우가 많다. 강한 사람은 자기에 대해 불만을 가질 이유도 없고 더 강해지고 싶어 할 이유도 없기 때문이다. 자기가 약하다고 생각하는 사람들이 의외로 많고 약한 부분을 강화하거나 가리기 위해 노력한다. 요즘은 외모지상주의 시대여서 여자들은 화장을 하고 피부 관리를 하고 머리를 매만지고 보기에도 아찔한 높이의 킬힐을 신는다. 예뻐지기 위해서는 힘들게 다이어트도 하고 위험한 성형수술도 마다하지 않는다. 남자도 키높이 구두를 신고 화장도 하고 성형수술도 한다. 모두 다른 누구보다도 더 강해지고 싶은 강렬한 욕망 탓이다.

약하다는 생각은 사람에게 강해지고 싶은 욕망을 가지게 하기도 하고 위축시켜 미리 포기하게 하기도 한다. 욕망을 이루려고 분발하면 그 생각은 포부가 되고 사람을 발전시키는 에너지원이 되어 자기보다 강한 사람에게, 불가능했던 일에 끊임없이 도전하게 하고 무수한 실패를 넘어 성공으로 이끈다. 자기가 약하다는 생각이 도리어 강해지고 싶다는 욕망을 만들고 포부가 되어 그의 삶을 창조적인 방향으로 나아가게 하는 큰 동력이 되는 것이다.

쿵 하는 소리가 나서 뒤돌아보니 이리저리 뛰어 다니던 아이가 소파에서 뛰어 내렸다. 아랫집에 폐가 될까 아이를 꾸짖는 조카 내외를 말리면서 커서 뭐가 되고 싶으냐고 물으니 슈퍼맨처럼 하늘을 날아다니고 싶다고 한다. 그래, 요즘처럼 과학이 발달하면 망토를 입고 날아다니는 것도 되지 말란 법 없지, 아니면 파일럿이 되어도 좋겠지 생각하면서 울상이 된 아이의 등을 토닥여 주었다.

브로우치

진료실 문을 들어서는 젊은 여자가 축 쳐진 모습에 표정은 뭔가 심각한 일이 있는 사람 같아 보인다. 너무 힘들어서 왔다고 하는데 집에서 어머니가 좀 잔소리가 많고 간섭하려고 할 뿐 크게 충돌하는 일도 없고 좋은 직장에서 맡은 일이 조금 힘에 겹지만 곧잘 해내고 경제적인 어려움도 없고 동료들과 불화도 없고 남자 친구도 잘 해주고 별다른 걱정거리도 없다고 하니 힘들 현실적인 이유를 찾기는 어려웠다.

그런데 그냥 마음이 불편하고 뭘 어떻게 해야 할지 모르겠고 자다가 눈을 뜨는 순간부터 오늘 하루가 빨리 지나가기만 기다려진다고 한다. 힘든 마음이 달래지는 것도 아니지만 어찌 할 바를 몰라 그냥 멍하니 게임만 하면서 새벽이 되고 자연히 잠이 부족해 근무시간에도 깜빡 졸기도 하고 머리는 멍해서 일이 오래 걸린다고 했다. 마음이 불편하니까 계속 힘들다는 생각 밖에 없다고 한다.

그래도 사람들 앞에서는 안간힘을 다해서 쾌활한 척 농담도 하고 남들이 자기를 밝고 명랑한 사람으로 보게 만들기도 하지만 속은 전혀 다르고 그럴 때는 자기 자신이 아닌 것처럼 느껴진다고 했다. 사이가 좋아 도움을 주는 사람들과 같이 있을 때조차도 자기가 같이 있을 자리가 아닌 것 같아 불안, 초조하다고 했다. 그렇지만 괴로움을 말할 수도 없고 속내를 털어놓을 수도 없는데 가면을 벗고 혼자 있을 때의 모습을 본다면 같은 사람이라고 생각하지 않을 수도 있다고 했다.

자기의 괴로운 마음을 말로 표현하기가 힘든지 환자는 지친 듯 더 기운이 없어 보인다. 느릿느릿 말하는 동안 거의 표정도 변하지 않고 무감각해 보이는데 지금만 그런 것이 아니고 좋은 일이 있어도 신나고 기운이 났던 적이 없고 기억나는 한 어려서부터 늘 그래 왔다고 했다.

활기라고는 찾아 볼 수 없는 여자를 보면서 사람에게 활기가 중요하다고 주장한 정신분석가 하인즈 코헛을 생각했다. 그는 Z라는 환자를 오이디푸스 콤플렉스의 극복을 위주로 정신분석을 해서 치료에 성공했으나 활기가 없어 견디기 어렵다는 환자의 호소를 듣고 5년 후 다시 한번 치료해서 활기를 찾아주면서 프로이트가 주장하는 성적욕망 외에 '자기애' 역시 중요하다는 것을 주장하였다.

아기에게 활기를 불어넣는 것은 엄마의 기뻐하는 눈빛이다. 아기가 필요한 것을 말로 표현하지 못해도 무엇을 해주어야 할지 잘 알아채는 엄마와 아기는 몸은 나뉘어졌지만 아직 마음은 하나여서 아기에게 엄마는 자기 자신의 연장선 상에 있다. 물리적으로는 분명히 남이지만 심리적으로는 '자기'의 한 부분으로 기능하는 것이다. 엄마가 기뻐할 때마다 아기도 기뻐하며 활력이 생기고 야망을 키우게 된다. 아기는 마음 속에 엄마와 기쁨을 나누는 경험이 쌓이면서 활기, 특성과 가능성까지 아우르는 '나 자신'이라는 인식이 생겨나고 독자적으로 마음 속 여러 부분들을 온전하게 통합하는 기능을 가진 '자기'가 생겨나게 된다.

마치 생명을 유지하려면 산소가 필요하듯이 건강한 '자기'를 유지하려면 마음 속에 엄마 역할을 하는 자기대상이 원활하게 기능해야 한다. 이렇게 발달하는 과정에서 어떤 사정으로 상처를 입으면 자기는 발달을 멈추거나 퇴보하고 분노와 모멸감이 마음을 지배하면서 활기를 잃고 위축되고 현실에서 유리되어 자기가 전지전능한 것 같이 생각하는 원초적인 과대망상이 현실을 대치하게 된다.

이 여자환자도 겉으로는 부족할 게 없어 보이는 지금도 행복과는 거리가 멀지만 어린 시절은 더 불우하게 보냈다. 어려서는 엄마 아빠는 생계를 위해 잠에서 깨기 전에 일하러 나가 잠든 다음에 돌아오는 날이 많아 엄마에 대한 기억이 거의 없다. 중학교에 다닐 때 엄마가 일을 접고 같이 살게 되었는데 엄마는 살 빼라, 공부해라 잔소리를 심하게 했다. 우연히 엄마가 친구들하고 전화하는 소리를 듣고 딸 자랑을 하고 다니는 것을 알게 되었다. 여자는 엄마의 이중적인 행동을 보면서 자기가 엄마의 브로우치가 된 기분이고 엄마와는 소통을 포기하고 시키는 대로 하는 시늉만 한다고 했다. 엄마에게 반항해서 충

돌을 하지는 않았지만 날마다 크고 작은 상처를 입고 있었던 것이다.

브로우치라는 말이 가슴에 와 닿는다. 차려 입고 나갈 때만 가슴에 달고 집에 돌아오면 함 속에 넣어 두고 돌아보지 않는 브로우치. 아무리 귀한 대우를 받아도 사람과 교감할 길은 없다. 여러 차례 유기되었던 상처가 있는데다가 좋은 자기대상이 생길 것이라는 장밋빛 기대와는 달리 기쁨과 슬픔을 같이 나누기보다는 닦달만 하는 엄마에게 또 한 번 상처만 받으면서 자기는 붕괴되고 브로우치와 다를 바 없는 취급을 받는 분노와 모멸감을 무표정으로 숨기고 있었던 것으로 보였다.

아이를 사랑하지 않는 부모가 어디 있을까마는 그 사랑이 아이 가슴에 못을 박을 때가 많은 것은 가슴 아픈 역설이다. 뭐라도 더 해주고 싶은 마음이 앞서 아이의 마음을 헤아려 보지 못하는 까닭에 정반대의 결과를 얻고서도 자기를 돌아보기보다는 애타는 자기 마음을 몰라주는 아이 탓이 앞서고 자기도 모르는 사이에 독재자가 되어 힘겨워하는 아이를 압박한다. 정작 아이에게 필요한 것은 날씬하지 않아도, 1등이 아니더라도 더 요구하지 않고 있는 그대로 사랑해주는 엄마의 따뜻한 손길인 것을 알면서도…. 아이를 위해서 압박만 하기보다 때로는 한 발자국 물러설 줄 아는 것이 활기찬 아이를 만드는 진정한 사랑이 아닐까?

미움 받을 용기

아들러의 이론을 소개하는 '미움 받을 용기'라는 책이 베스트셀러 1위를 굳게 지키고 있다. 2위와 판매부수의 격차가 두 배가 넘는다고 하고 이 책의 출간 후로 서점마다 서가에 아들러에 관한 책이 넘쳐나게 되었으니 그 대단한 인기를 알 수 있다. 사람은 누구나 사랑을 원하지 미움을 원하지 않는다. 어느 서점에나 어떻게 하면 사람들의 사랑을 얻을 수 있는지 가르치는 자기계발서들이 서가를 메우고 있을 때 정반대로 미움 받을 용기를 들고 나온 것이 인기의 비결일까?

아들러는 열등감을 모든 심리적 문제의 근원으로 보았다. 이 책도 열등감에 대한 이야기를 하고 있는데 그 중에 미움 받을 용기를 거론한 것을 책의 제목으로 삼은 것이 사람들의 마음에 꽂힌 것 같다.

사랑과 미움은 사람의 삶이 계속되는 한 영원히 반복되는 주제이어서 진료실에서도 날마다 마주치게 되는 감정들이다. 사람은 사랑을 추구한다. 사랑을 얻지 못 해서 애를 태우고 미움을 사서 괴로워하며 사랑해주지 못해서 죄책감을 느끼고 미움을 버리지 못 해서 분노로 마음을 괴롭힌다. 상대는 가족일 때도 있고 상사나 동료일 때도 있고 이성일 때도 있지만 사랑을 받을 때는 행복하고 미움을 받을 때는 불행하다. 그런데 미움 받을 용기라니, 미움을 사도 좋다고 용기를 내면 행복해질 수 있다니 뭔가 새로운 이야기가 아닐까 귀가 솔깃해지지 않을 수 없다.

그가 말한 미움 받을 용기란 요약하면 남들의 인정을 받고 싶어 하는 마음을 버리고 미워하든 말든 개의치 않고 자유롭게 살 용기를 말한다. 물론 그 용기는 사회에 도움이 되는 방향성이 있어야 한다.

사람은 사회적 동물이다. 가족 안에서 삶을 시작해서 친척, 친구와 동료, 이웃 등등 수많은 다른 사람들과 관계를 맺으면서 그들과 더불어 살아가게 된다는 말이다. 만약 그가 다른 사람들에게 인정을 받지 못하면 열등감과 함께 불행하다고 느끼게 되니까 그들의 인정과 사랑을 얻으려고 언제나 남의 시선을 의식하게 마련이다. 남에게 좋은 인상을 주고 그들의 마음에 들고 싶어서 겉으로 만이라도 말을 잘 듣고 착한 일을 하고 모범적인 행동을 하려고 한다. 정상적인 방법으로 인정받기가 어려우면 수단과 방법을 가리지 않는다. 예를 들면 연예인들은 노이즈 마케팅을 하는 경우가 있다. 인지도를 높이기 위해서 일부러 스캔들을 만들고 사람들의 입에 오르내리게 하는 것이다. 좋은 일이 아니더라도 일단 관심의 대상이 되는 것부터 시작하는 전략이다.

뮌하우젠증후군이란 병이 있다. 여러 가지 증상으로 병원을 순례

하는 환자들 중에 병이 없거나 스스로 만들어 낸 병일 경우에 붙일 수 있는 진단명인데 남의 관심을 끌고 싶은 심리가 원인일 때가 많다. 얼마 전에도 아이의 간병기를 블로그에 올리면서 인터넷에서 수많은 사람들의 동정과 응원을 받던 블로거가 있었다. 아이가 주사를 맞고 관을 꽂고 누워 있는 사진을 보면 애처로운 마음이 절로 생겨났다. 그런데 아이가 하늘로 간 후 부검을 하면서 인기 절정의 엄마 블로거에게 극적인 반전이 일어났다. 엄마가 아이에게 지속적으로 소금을 주입한 것이 사인이라는 것이 밝혀진 것이다. 결국 아이의 병과 죽음을 이용해서 엄마가 사람들의 동정과 인기를 얻었던 것이다. 뮌하우젠증후군은 자기 자신의 몸에 병을 만드는데 이 아이엄마는 아이의 몸에 병을 만들었다는 것이 특이했다.

이런 사례를 접할 때마다 사람들은 평가에서 자유롭게 살기는커녕 오히려 남의 이목을 끌기 위해 색다른 길을 택하는 경우가 더 많다는 생각이 들고 남의 인정을 받고 싶은 것은 생명에 대한 욕구 다음으로 중요한 욕구라는 것을 상기하게 된다. 아마도 사람들이 사회를 형성하고 살게 되면서 생존에 유리한 성향이 DNA에 새겨진 결과일 것이다.

남의 평가에 구애 받지 않고 자유롭게 하고 싶은 대로 하며 살고 싶은 것은 남들의 시선에 부담을 느껴 본 사람들이라면 누구나 바라는 것일 터이다. 그러나 실제로 그렇게 하기는 결코 쉽지 않고 부담을 느끼면서도 인정받으려는 삶의 방식을 벗어나지 못하는 것이 보통이다. 이 굴레를 벗어나려면 아들러가 말한 대로 미움까지도 받을 용기가 있어야 인정받지 못하고 평범해져도 개의치 않고 자유를 만끽할 수 있을 것 같다.

여기까지 생각해보면 미움 받을 용기라는 말이 처음 듣는 말이 아닌 것 같다. 우리 주위에는 남의 말에 흔들리지 않고 심한 반대에도 불구하고 꿋꿋하게 자기 의견대로 밀고 나가는 사람들이 있다. 그 의견이 그르면 고집이나 독선이라 비난을 받고 바르면 소신대로 잘했다고 칭찬을 받는다. 소신대로 살면 굳이 인정받으려고 애쓰지 않아도 자연스럽게 사람들의 인정이 따라오고 사회에 공헌도 하게 되니 행복해지게 된다. 아들러가 말한 미움 받을 용기란 우리에게도 익숙한 바르게 생각하고 소신을 지킬 용기를 말하는 것이 아닐까?

소용돌이

　뉴스에 미국에서 토네이도가 마을을 휩쓸고 지나가는 모습이 보인다. 지붕이 멀리 날아가고 거리에는 부서진 집들과 찌그러진 자동차들이 널려 있다. 맹렬히 회전하면서 땅 위의 모든 것들을 하늘로 들어 올리는 바람이 파괴한 것들을 바라보는 사람들의 시선이 참담하다. 땅위에서는 토네이도가 지나가는 곳에 있는 것들을 다 하늘로 빨아올린다면 강에서는 소용돌이가 모든 것을 물 밑으로 삼켜 버린다. 소용돌이에 빨려 들어가면 그 어느 것도 헤어 나오지 못 한다. 수영선수라고 해도 빠져 나올 수 없다고 한다. 소용돌이가 물 위의 것들을 남김없이 빨아들이는 모습은 두려움 그 자체다. 토네이도가 지나가는 방향에서 빨리 대피해야 하는 것처럼 소용돌이에서 멀리 떨어지는 수밖에 없다.

　우리 마음속을 흐르는 욕망의 강에도 잔잔하던 강물에 이따금 무분별하고 격렬한 감정이 소용돌이치며 이성을 삼키고 혼돈과 분노를 일으킬 때가 있다. 가라앉고 나면 뒤따라오는 후회와 자책은 아무 소용없고 처참하게 파괴된 잔해들만 강물을 따라 떠내려가게 된다. 소용돌이를 만드는 원인은 하나 둘이 아니지만 그 중 하나는 열등감이라는 감정이다.

열등감을 가진 사람들은 아주 흔해서 정신적으로 건강한 사람들 중에서도 자주 발견된다. 어쩌면 크던 작던 모든 사람들이 다 가지고 있는 감정이라고 해도 과언이 아니다. 누구나 잘 하는 것도 있고 못 하는 것도 있는 법이어서 못하는 일이 있어도 보통 사람들은 평소에는 크게 마음에 두지 않고 지내고 더러 열등감을 자극하는 일이 있어도 곧 평정을 되찾는다. 그런데 어떤 사람들은 자기가 못하는 것에만 초점을 맞추면서 열등감을 키워 잘하는 일에조차 자부심도 자신감도 가지지 못 하고 늘 불안해 하다가 자기가 가치 없는 사람으로 여겨지는 순간 또는 내가 잘 하는 줄 알았는데 상대가 더 잘하는 것 같이 느끼는 순간 무너진다. 열등감이 소용돌이치기 시작하는 순간이다. 자기평가가 바닥으로 떨어지면서 모든 일이 겁나기 시작하면 남들을 못 따라가는 것 같아서 두렵고, 심하게 자기를 비하하면서 위축되어 눈치만 보게 되고 다시 자기평가가 더 떨어지는 악순환이 반복되면서 결국 정신적으로 마비되어 아무 것도 할 수 없게 되기도 한다.

임상에서도 열등감은 자주 만나게 되는 문제다. 젊은 여자 하나가 마음고생이 심하다고 하면서 우울하다고 진료를 받으러 왔는데 보기에도 수척하고 피곤한 모습이 역력했다. 늘 맡은 일이 버겁다고 생각은 했지만 간신히 적응하고 있었는데 더는 못 하겠다고 했다. 진찰하는 동안 내내 자기는 무능한 사람이라는 말을 말끝마다 반복했다. 동료들은 다 나보다 잘하는 것 같고 새로운 일을 받으면 실수할까 겁부터 나서 아무 것도 못하고 시간만 끌고 있으니 남들 눈치가 보인다는 것이다. 처음 입사할 때도 자신이 없었지만 이제는 아예 뭘 어떻게 해야 할지 생각이 나지 않아 당황스럽다고 했다. 사표를 내고 싶은데 받아주지 않는다고 짜증을 내고 있었다. 어려서부터 자기는 학교에서도 공부를 잘하지 못했다고 하는데 이야기를 계속 들어보니 유수한 명문 대학을 졸업했고 4년 내내 뛰어난 성적으로 장학금을 받은 사람이었다.

진찰을 하면서 열등감이 만든 소용돌이에 빠져든 사람이라는 생각이 들었다. 우등생과 열등감은 잘 어울리는 조합은 아니었지만 그 여성은 자기가 기억할 수 있는 한 단 한 번도 동생보다 더 인정을 받아본 적이 없었다고 잘라 말했다. 어쩌면 학교에 들어가기도 전부터 열등감에 시달리면서 살았을지도 모르겠다는 생각이 들면서 개인심리학이라는 이론을 만든 아들러가 열등감은 아주 어려서부터 생긴다고 한 말이 생각났다. 프로이드는 성적 욕망을 중심으로, 아들러는 열등감을 중심으로 사람의 마음을 설명하였다. 열등감이 사람을 주눅 들게 하기도 하고 망상에 빠뜨려 오히려 불가사의한 능력을 가진 것처럼 착각하게 만들어 삶을 망가뜨리기도 한다고 하였다.

열등감이 누구에게나 있는 것이라면 열등감 자체보다 그것을 어떻게 관리하느냐가 더 중요하게 된다. 아들러는 열등감이 인생을 불행한 쪽으로 끌고 가지 않게 하라고 조언한다. 열등감에는 양면성이 있다. 한 번 소용돌이치기 시작하면 이 여성처럼 거기에 빠져 허우적거리면서 결국 정신적으로 마비 상태에 이르기도 하지만 열등감을 가지고 있으면서도 주눅이 들지도 소용돌이를 만들지도 않고 그것을 이기기 위해서 분투하는 사람들도 있다. 그런 사람들에게는 오히려 더 큰 성공을 거두는 기회가 되기도 한다. 열등감을 자극하는 일이 생기면 나는 못 났다고 자책하면서 소용돌이를 만들어 파괴하지 말고 창조적인 욕망에 시동을 거는 열쇠로 삼는다면 열등감에 파괴된 잔해들을 보면서 망연자실할 일은 없을 것이다.

좋은 엄마 싫은 엄마

어머니가 딸을 데리고 와서 걸핏하면 화를 내는데 고칠 방법이 없겠는가 묻는다. 아무리 들어 봐도 열 번이면 아홉 번은 왜 화가 났는지 알 수 없으니 선생님이 들어 보시고 가르쳐 달라고 한다. 말을 안 한다기보다 자기가 무엇에 화가 났는지 저도 모르는 것 같을 때가 많다고 덧붙인다. 어머니는 하고픈 말이 많은 듯했으나 말하는 도중에 딸이 몇 번이나 날카로운 목소리로 고함을 질러 간신히 여기까지 듣고 어머니를 대기실에서 기다리게 하였다.

딸은 식구들이 자기를 이해해 주지 않는다고 한다. 누구나 기분이 나쁘면 화도 내고 그렇지 나를 이상한 사람 취급을 하니까 더 화를 내게 된다고 한다. 그냥 기분이 좋을 때도 있고 나쁠 때도 있는 것 아니냐, 기분이 나빠지는 데 꼭 이유가 있어야 하느냐고 되묻는다. 나를 이해해 주지 않는 엄마가 이상하다, 내가 아니라 엄마가 치료를 받아야 한다고 목청을 높인다.

이런저런 말을 주고받으며 진찰이 끝날 무렵에는 엄마하고도 기분이 나빠지면 다른 사람이 된 것처럼 못 되게 굴고 싸우지만 기분이 좋을 때는 상냥하고 착한 딸이라고 힘주어 말했다. '다른 사람이 된 것처럼'이라는 말 그대로 아까 어머니에게 고함을 지를 때하고는 완전히 달라져서 같은 사람을 진찰하고 있는 것 같지 않았다.

기분이 좋을 때도 있고 나쁠 때도 있는 것은 당연하지만 이유 없이 기분이 바뀌는 것은 문제가 된다. 보통사람들은 크게 애쓰지 않아도 평탄하게 감정이 유지되고 커다란 자극이 주어져야 의식적으로 조절할 필요를 느낄 만큼 감정에 변화가 생긴다. 아무 때나 작은 일에 또는 아무 일도 없을 때 감정기복이 생겨서는 삶이 피곤해진다. 조심을 해도 신경질이나 짜증으로 사람들과 충돌도 잘 생기고 일에도 집중하기 어려워 정상적인 삶을 영위하기 곤란하다. 기분이 달라질 때마다 드러낼 수는 없는 일이니 사회를 떠나 혼자 살 생각이 아니라면 감정을 조절할 수 있어야 한다.

딸이 하는 말은 마음속에 엄마가, 엄마의 이미지가 하나가 아니고 둘이라는 뜻이고 자기 마음도 둘로 갈라져 있다는 뜻이 된다. 아기는 만족스러운 경험도 하고 불만스러운 경험도 하게 된다. 엄마가 아기를 돌보는 것을 최우선으로 한다 하더라도 항상 아기에게 넘치지도 않고 모자라지도 않게 먹이고 입히고 놀아주기는 불가능하다. 엄마와 아기가 같이 노는 장면을 찍은 영상을 보아도 아기가 피곤해져서 외면해도 엄마가 계속 놀자고 하기도 하고 아기가 더 놀고 싶어 해도 엄마가 놀아주지 않을 때도 있다. 만족스러운 경험들과 괴로운 경험들은 아기의 마음속에 따로 저장된다. 좋거나 싫은 것을 기준으로 경험이 정렬되니까 좋은 엄마와 싫은 엄마는 같은 한 사람이 아니고 다른 두 사람이다. 싫은 엄마에게는 성내고 소리 지르다가 좋은 엄마에게는 상냥하고 착하게 되는 것이다. 엄마하고 경험한 것뿐만 아니라 모든 사람들과의 경험들이 다 그렇다.

조금 더 자라면 정렬기준이 사람 중심으로 바뀌게 된다. 천사라고만 생각했던 엄마에게도 좋은 점도 있고 나쁜 점도 있다는 참으로 실망스럽고 우울한 사실을 받아들이고 엄마에 대한 사랑과 미움의 균형을 잡을 수 있게 된다. 때로 꾸짖고 모질게 나무라더라도 사랑해주는 엄마로 인식할 수 있게 되는 것이다. 자라는 과정에서 어떤 이유로 이런 발달이 일어나지 않으면 이 딸처럼 변덕이 심한 사람이 된다. 불안하고 우울해지기도 한다.

진료실에서 감정을 조절하지 못하는 사람들을 만나보면 본인이나 부모나 성격이 나쁘다고만 생각하고 고쳐질 것이라는 희망을 가지지 않는 경우도 있다. 너무 많은 실망과 고통에 지쳐서일 것이다. 그렇지만 정상적인 발달과정에서 자연스럽게 발달이 일어나지 않았다면 상담을 해서 발달이 일어나게 하면 감정을 조절할 수 있게 된다. 물론 쉬운 일은 아니다. 사람의 발달은 자연스럽게 일어나는 시기를 놓치면 오랫동안 각고의 노력을 해야 성취할 수 있기 때문이다. 그러나 경험에 비추어 보면 불가능하지는 않다고 생각한다. 오랜 시간 꾸준히 노력할 의지와 끈기가 있다면 이 모녀도 좋은 결과를 기대할 수 있을 것이다.

꽃대

　요사이 날씨가 몹시 추워 옷을 여러 겹 껴입고서도 몸에 힘을 주고 웅크리게 된다. 근래에는 겨울이 그리 춥지 않다가 27년 만이라는 강추위를 만나니 난로를 피운 교실 안에서도 추워 손을 호호 불던 어린 시절 생각까지 난다. 소한추위려니 하면서도 지난 12월부터 삼한사온도 없이 계속 되어 마음까지 꽁꽁 얼어 붙었다.

　아침에 출근해서 환기를 시킨다고 기세 좋게 창문을 활짝 열어 젖혔다가 찬 바깥 바람을 못 견디고 공기가 다 바뀌기도 전에 닫아 버렸다. 창문을 닫는데 창 앞에 있는 난 화분에 못 보던 것이 눈에 들어왔다. 난 잎들 사이로 무엇이 손톱만큼 삐져 나와 있는데 잎사귀들을 들치고 살펴보니 고동색이 도는 파란 줄기가 어린아이 새끼손가락만큼 자라있었다. 이 것이 무엇인지 잠시 어리둥절했다. 온실도 아니고 밤이면 온도가 바깥 못지 않게 내려가는 사무실에서 이 겨울 날씨에 꽃대가 올라오다니. 너무 뜻밖의 일이라 처음에는 믿어지지 않았지만 꽃대가 분명하다는 생각이 들자 마음 속에 기쁨이 밀려오면서 얼굴에 미소가 떠오르는 것이 느껴진다.

작년에는 늦은 봄 내내 꽃이 피어 있어 진료실을 환하게 만들어 주던 난이다. 꽃이 진 다음에도 아래는 벽돌색이고 위는 흰색으로 윤이 나는 멋진 현대적 디자인의 화분 위에 길쭉한 푸른 잎들을 펼쳐 놓고 있었다. 꽃 없이 푸른 잎만 보아도 모니터를 보느라 피로해진 눈을 식혀 주었는데 이 추위에 꽃대를 올려주다니 고마운 일이다.

꽃은 생명의 정화다. 식물은 꽃을 피우고 씨를 만들기 위해 전력을 다 한다. 한 겨울 추위를 뚫고 올라오는 꽃대는 저 작은 난이 보여 주는 생기다. 꽃을 보고 기뻐하는 것은 그 모양이 예뻐서만이 아니고 그 색깔이 아름다워서만이 아니다. 그 것은 꽃이 발산하는 강렬한 생기가 더해졌기 때문이다. 시든 꽃을 보고서는 아무도 반기지도 기뻐하지도 않는다. 사람도 생기가 있으면 고민과 갈등이 있더라도 어려움을 이기고 창의적인 삶으로 돌아갈 수 있지만 생기가 없으면 기쁨도 없고 무기력해질 뿐이다.

이 난은 C선생이 작년 스승의 날 나에게 선물한 것이다. 그는 좌충우돌 하며 주위에 있는 사람들 모두와 싸우는 여자환자를 정신분석하고 있었는데 그 환자는 자아도취가 심한 사람이었다. 자기가 다른 사람들보다 훨씬 유능하다고 주장하면서 남들의 무능을 질타하고 자기가 크게 도와주었는데도 고마워 할 줄 모른다고 비난하는 것이 매번 상담의 주제였다. 그 환자는 자기가 원하는 목표를 이루지 못하고 괴로워하고 있었는데 자기처럼 유능한 사람이 실패한 것은 모두 주위의 몰이해와 비협조 때문이라고 한탄하였다. 자기를 칭찬하는 사람만 훌륭한 사람이고 그렇지 않으면 사리를 모르는 어리석은 사람이었다. 만약, 옳던 그르던 조금이라도 누가 자기를 비난하는 기색이 있으면 불같이 화를 냈다.

자아도취 하는 환자들이 흔히 그렇듯이 오만과 분노는 표면적 현상일 뿐 무의식은 전혀 달라서 사랑 받지 못한 상처와 열등감에 싸여 생기를 잃고 있었다. 나는 그가 치료하는 동안 그 환자의 오만과 분노 뒤에 숨어있는 마음의 상처를 읽고 진정시킬 수 있도록 가르쳐 주었다. 성격은 쉬 바뀌지 않지만 오랜 시간 꾸준히 치료하면 결국은 개선할 수 있어서 그 환자도 C선생의 온화한 태도와 열성적인 노력으로 조금씩 조금씩 분노를 가라앉히고 생기를 되찾기 시작했다.

꽃대를 보고서는 지지대가 될만한 봉을 찾아다가 옆으로 자란 꽃대가 하늘을 보고 곧게 자라 오르도록 묶어 주었다. 벌써 많이 굵어진 탓인지 잘 휘어지지 않았지만 조금씩 방향을 틀어 이제는 하늘을 향해 자라 오르고 있다. 이런 악조건에서도 꽃을 피우려는 강인한 생명력에 경외감이 느껴진다

저 꽃대가 쑥쑥 자라 작년보다 더 아름다운 꽃을 피워 내기를 기대하면서 난을 바라본다. 새해 벽두에 찾아온 귀한 손님 덕분에 추위를 잊고 흐뭇한 마음이 된다.

뭣이 중헌디

티비 뉴스 화면에 피켓을 든 사람들이 보인다. 피켓을 클로즈업시켜 보여주는데 '뭣이 중헌디'라고 써있는 것을 보고 뉴스는 잊어버리고 중요한 게 뭘까 잠시 생각에 잠겼다.

정말 중요한 것이 무엇일까? 누구에게나 공통적으로 가장 중요한 것은 무엇일까? 대부분 식량이라고 대답할 것이다. 먹지 않고는 살 수 없으니 당연한 답이고 식량 뿐만 아니라 생활의 기본이 되는 의식주가 중요하다. 그러므로 사회는 의식주에 위협을 받는 사람이 없게 복지제도를 만드는 것이 가장 중요하다.

그러나 일찌기 공자님께서는 군대와 식량보다 믿음이 중요하다고 하셨다. 믿음이 없이는 사회가 성립될 수 없으니 군대가 지킬 나라가 있을 리 없고 경제활동도 불가능해진다는 말씀이라고 생각하고 있다. 수렵채집시대와는 달리 공자님이 사시던 농경시대에는 수력이 중요한 생산수단이어서 협동이 중요해졌고 믿음이 없이는 협동도 없기 때문이다. 우리가 살고 있는 정보화시대에는 모든 일이 협동을 통해서 이루어지고 혼자서 할 수 있는 일이 거의 없어졌다.

몸이 밥을 필요로 하는 것처럼 마음에는 믿음이 필요하다. 믿음은 믿을 수 있는 대상을 경험하면서 싹이 트고 자라나게 되는데 그 대상은 물론 좋은 엄마다. 배가 고프면 먹여주고 추우면 따뜻하게 더우면 서늘하게 해주고 넘어지면 일으켜 세워주며 늘 보살펴 주는 엄마는 아기를 안전하게 지켜주는 사람이다. 그러니 엄마가 있으면 안심할 수 있다. 엄마가 아기의 안전기지가 되면 아기는 마음 놓고 주위를 탐색하게 된다. 신체적으로나 정신적으로나 안전에 대한 욕구는 사람의 가장 기본적인 욕구 중 하나고 사람을 믿을 수 있는 능력이 성격발달의 주춧돌이 된다. 정신분석에서는 이것을 기본신뢰라고 부른다.

사람을 믿지 못하면 안전을 확신할 수 없어 불안하고 남과 협력하기보다는 항상 경계하게 되고 평생 대인관계에 문제가 생긴다. 믿음이 인간관계의 바탕이 되는 것이다. 임상에서 성격발달에 장애가 있는 환자들 중에 기본신뢰가 부족한 사람들을 만나게 될 때가 있다. 신뢰하는 관계를 경험해 보지 못한 사람들이어서 치료적 관계를 만들기도 어렵고 유지하기도 어려운 사람들이다. 치료에서도 신뢰가 바탕인데 정신과의사는 불신의 대상에서 예외로 해주면 좋으련만 여러 해 치료를 계속한 다음에도 여전히 경계하는 모습이 보일 때도 있다.

믿음이 사람들과 함께 할 수 있는 기틀이 되지만 도리어 함정이 될 때도 있어서 남을 잘 믿으면 속이기 쉬운 어리석은 사람이 된다. 사람의 판단력에는 한계가 있고 좋은 사람이라고 다 믿을 수 있는 것도 아니니 남의 말을 맹목적으로 믿고 따라가지 말고 사리를 잘 가려서 믿을만한 데까지만 믿어야 한다. 속이려는 사람들일수록 그럴듯하고 교묘하게 포장을 하지만 아름다운 말이라고 다 속임수도 아니고 거친 말이라고 다 옳은 말도 아니니 사람을 어디까지 믿을 것인지 결정하기는 참 어렵다. 말이 아니라 행동을 보고 판단해야겠지만 믿었던 사람에게 배신을 당하는 경우는 함정이 있다는 것을 깨닫기가 더 어려울 때가 많고 누구라도 속을 수밖에 없을 것 같은 경우도 있다. 믿음이 없으면 세상을 살 수 없고 너무 믿으면 어리석어지니 나이가 들어갈수록 경험이 쌓일수록 조심스러워지기만 한다.

곁에서 내가 위험에 빠지지 않게, 꼬임에 빠져 어리석은 판단을 내리지 않게 충고해줄 사람이 필요하다. 어려서는 엄마, 아빠가 믿을 수 있는 사람이었지만 성인이 되고나면 현명한 사람들을 찾아내는 눈이 있어야 위험에 빠지지 않을 수 있다.

4
시작과 끝

오랜 동안 써오던 틀을 바꾸는 것은 쉽지 않지만
이제까지와는 다른 삶을 누리는 새로운 시작이 된다.

무인도

새싹이 트기 시작하는 이른 봄에 땅끝마을에 갔다. 바다와 인접한 언덕 위에 자리 잡은 전망대에 올라 바다를 바라보니 크고 작은 섬들이 무수히 많이 있었다. 섬에는 마을들이 있었고 앞 바다에는 양식장이 있어 사람들이 아직은 찬 바람을 맞으며 일하는 모습이 보였다. 오는 길에 본 포구에 있는 배가 저 섬들을 육지와 이어주겠지 생각하고 있는데 옆에 있던 사람들이 작은 섬들 중에는 무인도도 있다고 했다. 하긴 마을이 들어서기에는 너무 작아 보이는 섬들도 여럿 보였다.

무인도라는 말에 청년 한 사람이 생각났다. 중년 부부가 대학생 아들을 데리고 상담을 받으러 왔는데 아들이 사람들하고 어울리려고 하지 않고 학교에도 가지 않으려고 한다고 근심이 가득 했다. 부모는 아이를 외국에서 키워서 탈이 난 것 같다고 자책하고 있었다. 아들이 네 살 때 아버지가 해외 근무를 하게 되어 가족들과 함께 동남아로 이사를 갔다가 아들이 중학교를 졸업할 무렵 영어도 가르칠 겸해서 새로운 일자리를 구해 미국으로 이사했는데 거기서부터 잘못 된 것 같다고 했다. 미국 생활을 너무 힘들어 해서 대학은 우리 나라에서 다니게 하려고 귀국했지만 대학생활에도 도무지 적응을 못하고 있다고 안타까워했다.

부모의 말을 들어보니 청년은 사람들을 멀리 하고 혹시 다가오는 사람이 있어도 밀어내기 바빴다. 누군가 하고 소통을 할 수 있으리라는 기대는 버린지 오래되었고 가까이 오는 사람은 과거에 받았던 상처만 상기시킬 뿐이었다. 나에게도 마찬가지여서 내가 그를 처음 만났을 때 그는 말을 잘 하지 않았다. 묻는 말에만 간단히 답을 하고 부모가 이야기하는 동안 관심 없다는 듯 지루해 하며 몸을 비비 꼬고 있었다.

그래도 다행히 치료를 거절하지 않고 약속한 날에 병원에 오고 약을 잘 복용했다. 자발적으로 말을 시작하는 일은 없이 치료에 무관심한 것처럼 행동했는데 표정 없는 얼굴로 짧은 대답을 할 때 마음 속에 감추고 있는 분노가 느껴질 때가 많았다.

오래 병원에 다니면서도 자기 이야기는 하려 하지 않았고 어쩌다 한번씩 들려 준 것은 미국에서 겪었던 어려움에 대한 이야기였다. 사춘기에 접어 들어 정서적으로 불안정한 데다가 영어도 서툴러 수업을 따라가기 어렵고 친구를 사귀기도 힘들었다. 부모는 일에 바빠 자기를 챙겨줄 여력이 없었고 달리 도움을 받을 곳도 없었다. 고등학교 생활은 절해고도에 혼자 남은 것 같았다. 집에서는 한국말을 써서 한국말을 할 수 있었기에 우리나라에서 온 유학생들 하고 사귀려고 했지만 어려서부터 외국에서 자라 사고방식이 다르고 한국말도 서툴러 어울릴 수 없었다. 그의 후리후리한 키와 이국적인 얼굴에 관심을 보인 백인 여학생이 하나 있었지만 동양적인 사고방식을 고집하는 그로서는 문화적 배경이 다른 여학생과 잘 어울리지 못 하고 오해만 쌓여 결국은 헤어졌다. 친구 한 명 없이 고등학교를 마치고서는 미국에서 대학에 다닐 자신이 없어 우리나라로 돌아왔다. 그러나 네 살 때 떠난 우리나라는 부모의 나라일 뿐 그에게는 또 하나의 외국이었다. 강의를 이해하기에는 한국말이 서툴러 공부를 따라가기 어려웠고 오래된 친구가 없는 것은 물론 같은 수업을 듣는 다른 학생들과도 어울리지 못해 새로 사귄 친구도 없어 여전히 외톨이였다.

오래 치료가 계속되던 어느 날 진료실에 들어오는 그의 얼굴에 의외로 미소가 스쳐갔다. 여전히 말은 없고 무엇을 물어도 단답형 대답만 했지만 굳고 긴장되어 보이던 모습과는 달리 표정이 누그러져 있어서 아직 이른 봄처럼 바람은 차지만 곧 새싹이 트려나 기대가 되었다. 날이 갈수록 표정이 자연스러워져서 다른 사람 같이 보이고 점점 더 능동적이 되어 드디어는 내가 말을 걸기를 기다리지 않고 먼저 "선생님 안녕하셨어요?" 하고 인사를 하기도 하고 묻지 않아도 말을 꺼내 이런저런 이야기를 하기도 했다. 지난 번에 와서는 친구에게 초대를 받았다면서 좋아하더니 '이상해요. 좋은 의사는 냉정하다던데 선생님은 따뜻해요.'라고 했다. 나는 짐짓 심각한 말투로 '그럼 좋은 의사가 아닌 모양이지?' 했더니 '아-닌데요, 좋은 의산데…' 해서 같이 웃었다. 치료는 마음이 열려야 시작되는데 이제 무인도에 배를 댔나 생각했다.

　진료실에서 가끔 섬을 만난다. 그리고 그 섬은 누구도 찾지 않는 무인도인데다가 배를 대려고 해도 암초가 둘러싸고 있어 가까이 다가가기조차 어렵다. 이럴 때 나는 존 던의 시 한 구절을 생각한다.

　　'사람은 누구도 온전히 섬 그 자체는 아니다.
　　사람은 누구나 대륙의 한 조각이요, 전체의 일부이다.'

진실 혹은 거짓

　프로야구가 막을 올렸다. 티비 뉴스 화면에 홈런을 치고 기뻐하는 타자, 환호하는 관중, 강타자를 삼진으로 잡고 주먹을 불끈 쥐는 투수, 멋진 제스츄어로 스트라이크 아웃을 선언하는 심판의 모습들이 보인다. 야구관계자가 나와 올해도 관중이 늘어나기를 기대한다면서 타고투저를 극복하기 위해 스트라이크존을 넓힐 계획이라고 말한다.

　그런데 공이 스트라이크 존을 지나갔는지 심판은 어떻게 판정할까?

　생각의 지도라는 책의 저자로 유명한 리처드 니스벳은 '마인드웨어'라는 신간에서 야구 심판이 판정하는 방식을 세 가지로 나누어 설명한다.

　심판1 : 나는 보이는 대로 볼, 스트라이크를 외치지.

　심판2 : 나는 사실 대로 볼, 스트라이크를 외치지.

　심판3 : 내가 볼, 스트라이크를 외치기 전에는 아무 것도 아니지.

　사람들은 보통 심판2처럼 생각한다고 한다. 자기가 보는 것이 그대로 사실이라고 믿는 것이다. 니스벳은 이것은 지나치게 소박한 견해고 사람이 어떤 대상을 본다는 것은 추론과정을 여러 번 거친 결과라고 설명한다. 그 과정은 망막에 비친 영상에 그가 경험을 통해서 축적해온 틀들을 적용해서 보정하는 것이다. 원래 이미지가 아니라 포토샵을 한 다음에야 인지하게 된다는 뜻이니까 나는 보이는 대로 볼, 스트라이크를 외친다는 심판1의 말이 옳은 것이다. 심판1, 2의 견해는 사실대로 인식할 수 있는가의 논란인 반면 심판3의 견해는 사실 여부는 중요하지 않고 해석만이 의미가 있다는, 주관을 중시하는 견해로 해체주의나 포스트모던 철학이라고 한다.

야구경기에서 여태까지는 심판3의 말대로 심판의 판정이 최후의 결정이었고 투수나 타자가 이의를 제기하더라도 심판의 판정은 존중되었다. 스트라이크존이 심판에 따라 미묘하게 달라서 중계방송 해설자가 낮은 볼을 스트라이크로 잡아준다든지 스트라이크존을 넓게 쓴다든지 심판의 판정에 대해 평가를 하기도 하지만 그 판정에 맞춰서 투구를 하고 타격을 할 수 밖에 없었다.

주루에서도 마찬가지여서 아웃과 세이프를 놓고 이견이 생길 때도 있었는데 이번 시즌부터는 비디오판독을 도입해서 사정이 달라졌다. 개막전에서도 타격을 하고 1루로 달려간 주자를 1루수가 공을 받은 다음 팔을 뒤로 돌려 태그를 했다. 아웃을 선언하자 감독이 비디오 판독을 요청했다. 결과는 아슬아슬했지만 1루수의 글로브는 타자의 몸에 미치지 못 해 태그가 되지 않았고 주자는 무사히 지나갔다. 판정이 번복되고 세이프가 선언되었다. 1루심은 이런 상황이면 태그가 되고 아웃이 된다는 경험의 영향으로 아웃이라고 판정했을 것이다. 1루심은 본대로 판정하고 비디오는 사실대로 보여준 것이다. 아직 스트라이크와 볼을 판정하는 것은 아니지만 앞으로 더 많은 카메라가 설치된다면 주심의 판정도 검증을 받게 될 것이다.

가끔 환자와 보호자가 전혀 다른 이야기를 할 때가 있다. 환자는 이러저러하다고 말을 하는데 보호자는 그런 일이 전혀 없다고 하면서 두 사람 다 정확하게 기억한다고 주장하면 누가 옳은지 판단하기 어려워진다. 지각 단계에서 여러 틀에 의해 걸러진 기억들이 사실과 다를 수 있고 저장된 기억도 시간이 지나면서 부분적으로 왜곡되기도 하고 망각되기도 했을 것이기 때문에 두 사람의 말이 모두 왜곡을 포함하고 있을 가능성이 많다. 환자의 마음을 탐색해보면 그를 고통스럽게 하는 갈등이나 결핍이 객관적 사실에서만 생겨나지 않고 주관적 해석의 영향으로 생겨난 경우도 자주 발견하게 된다. 그러나 마음에 관한 일은 과학과 달라 사실에 부합하지 않더라도 진실이라고 믿으면 사람의 마음에 미치는 영향력은 똑같아서 '심리적 진실'이라고 부르는데 오해와 망상이 생겨나는 산실이 되기도 한다.

마음의 변화를 일으키는 데에는 비디오 판독만으로는 부족하다. 진실을 보여 주어도 그가 믿지 않으면 그만이어서 그가 추론하는 틀을, 오류를 만들어 내는 틀을 개선할 방도를 찾아야 한다. 그 방법은 약으로 뇌의 신경전달과정에 변화를 일으키는 방식이 될 수도 있고 꾸준한 상담을 통해 그런 오류를 만들어내는 틀- 사고방식을 없애는 방식일 수도 있다. 오랜 동안 써오던 틀을 바꾸는 것은 쉽지 않지만 이제까지와는 다른 삶을 누리는 새로운 시작이 된다.

백아와 종자기

　백아는 거문고를 잘 타는 것으로 유명했다. 종자기는 백아의 거문고 소리를 누구보다 잘 이해했다. 그래서 두 사람은 아주 친한 친구가 되었다. 어느 날 백아가 높은 산을 올라가는 광경을 머릿속으로 그리면서 거문고를 탔다. 그러자 종자기가 "좋다. 좋아! 아아, 높은지고 우뚝 솟은 태산이여!"라고 맞장구를 쳤다. 또 어느 날 백아가 흐르는 물을 상상하면서 거문고를 탔다. 그러자 종자기가 "좋다. 좋아! 의기양양 흘러가는 양자강에 황하로다!"라고 맞장구를 쳤다. 이처럼 백아가 어떤 상상을 하면서 거문고를 타는지 종자기는 금방 알아차렸다.

　어느날 백아는, 태산 북쪽으로 놀러 갔다가 갑자기 폭우를 만나게 되어 큰 바위 밑에서 비를 피하면서 인생무상을 느낀 일이 생각났다. 그는 천천히 그 장면을 회상하면서 거문고를 타기 시작했다. 처음에는 소낙비가 쏟아지는 것을 상상하면서 거문고를 탔다. 그러자 종자기가 말했다. "아하, 소나기가 쏟아지는군." 다음에는 태산이 무너지는 것을 상상하면서 거문고를 탔다. 그러자 종자기가 말했다. "아하,

이번에는 태산이 무너지는군."

백아는 종자기의 감상 실력에 감탄하지 않을 수 없었다. 그래서 거문고를 내려놓으면서 말했다. "대단하네. 자네는 내 속에 들어와 있는 것 같군. 그대를 위해서라면 내 언제라도 거문고를 타겠네."

그 후 종자기가 죽자 백아는 거문고를 집어던지고 다시는 연주하지 않았다고 한다.

번역자가 거문고를 집어던졌다고 번역했지만 원문은 백아절현伯牙絶絃, 거문고 줄을 끊어 버렸다고 되어 있다. 이 네 글자는 예로부터 사람들이 즐겨 인용하는 유명한 구절로 열자 탕문편에 나온다.

백아가 거문고를 타는 것은 종자기에게 말하는 것이다. 보통 사람들이 말로 하는 것을 그들은 거문고 소리를 통해서 한다. 백아가 내밀한 속마음을 음으로 펼쳐 보이면 종자기가 백아의 마음 안에 들어가 있는 것처럼 알아듣는다. 내 마음을 알아주는 친구가 많지 않고 알아주더라도 번번이 내 마음 속에 들어와 본 것처럼 깊이 알아주는 친구는 참으로 드물다. 이런 친구를 가질 수 있다면 얼마나 행복할까. 백아가 부럽다.

남이 내 마음을 알아주기를 바라는 것은 사람의 본성이다. 어린아이들도 제 마음이 엄마에게 전달되었는지 알려 하고 엄마의 마음을 알고 싶어 한다. 수도 없이 방법을 바꿔가며 표현하고 설명하면서 내 마음을 알리려 하고 엄마에게 나의 마음이 전달되었는지 확인이 되지 않으면 불안해 하다가 확인이 되고 나서야 안도한다. 또한 엄마가 무엇을 생각하는지 그 마음을 알려는 것 역시 사람의 본성이다. 엄마 한 사람을 대상으로 시작하지만 자라면서 대상은 가족으로 친구로 계속 확대되어 간다.

나의 마음을 남에게 이해시키고 남의 마음을 이해하는 것이 바로 소통이고 이렇게 다른 사람들과 서로 소통이 되어야 비로소 사회 안에서 한 사람으로서 존재하게 된다. 사람이 사회 안에서 살아가는 한 누구나 다른 사람과 소통하면서 살아가는 것이고 소통에 실패하면 사회와 연결이 끊어지게 된다. 자기 생각을 이해시키지 못하는 사람이 잘못일 수도 있고 이해하지 못하는 사람들이 어리석은 것일 수도 있지만 시비를 가려 보아야 소용이 없다. 남들이 나를 이해하지 못 하는데 그들과 무엇을 함께 할 수 있단 말인가. 마음을 닫을 수 밖에 없다.

마음이 맞는 친구와 이야기를 나누고 마음이 후련해지던 기억을 상기해보면 백아가 종자기를 만났을 때 얼마나 기뻤을지, 그가 종자기를 얼마나 소중하게 여겼을지 짐작이 간다. 그런 친구를 잃고 비탄에 빠져 거문고의 줄을 끊어버리는 백아는 불쌍한 사람이다. 거문고를 연주해도 이해해줄 사람이 없어졌을 때 상실감에, 하늘 아래 홀로 남은 것처럼 외로움에 떨었을 것이다.

백아와 종자기를 이어준 것은 백아의 출중한 연주와 그 연주를 들을 줄 아는 뛰어난 종자기의 귀다. 상담을 시작하면 의사는 귀를 활짝 열고 온 정신을 집중해 환자의 말을 따라 무의식 안에 숨겨진 심상들을 하나씩 하나씩 찾아 나간다. 정신과의사가 임상에서 만나는 사람들이 하는 말은 묘사하려는 심상이 분명한 백아의 연주와는 다르다. 무의식은 사람의 마음에 무한히 많은 변주를 만들어내지만 문제를 만들어내는 근본이 직접적으로 표현되는 것이 아니어서 말하는 사람 자신도 그것이 무엇인지 의식하고 있지 않을 때가 많다. 본인도 의식하지 못하고 있는 것을 찾으려면 환자는 마음속에 일어나는 생각들을 여과 없이 드러내야 하고 의사는 그 말이 의미하는 것을 정확히 해독해야 한다.

마음에 관한 대화라면 내가 하는 말을 상대가 알아듣는 것이 가장 중요하다. 내가 표현하고자 하는 정서를 상대가 이해한 것을 확인했을 때 안도하게 된다. 이런 대화는 사람이 아기 때부터 뇌를 발달시켜 온 방식 중 한 가지이어서 그 자체로 치료적이다. 이런 과정이 반복되면서 뇌가 발달하고 마음이 바뀌어 가기 때문이다. 말을 알아들으려고 귀를 활짝 열어 놓고 그 마음을 느끼려고 하는 사람이 좋은 엄마고 좋은 정신과의사다.

백아절현의 고사를 읽다가 종자기가 거문고 소리를 듣고 그 소리를 일으킨 심상을 곧바로 해독해내는 것처럼 정신과의사도 환자의 말을 들으면 곧바로 그의 무의식을 해독해낼 수 있다면 얼마나 좋을까 하는 생각이 들었다.

파라오의 꿈

K씨가 어젯밤 꿈자리가 사나웠다고 불안해한다. 나쁜 꿈을 꾸면 어김없이 안 좋은 일이 일어난다면서 겁을 낸다. 물어도 어떤 꿈이었는지 말을 꺼내지도 못 하는 걸 보니 몹시 흉한 꿈이었던 모양이다. 아무리 흉해도 그렇지 꿈인데 이렇게까지 겁을 내야 하는지 모르겠다.

아마 세상에서 가장 유명한 꿈은 구약성서의 창세기에 나오는 파라오의 꿈일 것이다.

'일곱 마리의 살찐 암소가 강가에서 놀고 있는데 삐쩍 마른 암소 일곱 마리가 나타나 다 잡아먹었다. 놀라 깼다가 다시 잠이 들었는데 이 번에는 통통한 밀 이삭 일곱이 자라나는데 삐쩍 마른 밀 이삭 일곱이 자라나 그 이삭들을 다 먹어버렸다.'

꿈에서 깨어난 파라오는 두려워져 해몽해 줄 사람을 찾았다. 아무도 해몽을 하지 못하는데 술잔을 올리는 시종장이 자기가 옥에 갇혔을 때 풀려나 복직하리라고 해몽을 해주던 유대인 청년 요셉을 추천했다. '하느님께서 상서로운 대답을 주실 것입니다.' 라고 말한 요셉은 7년 동안 풍년이 들 것이고 뒤이어 7년간 흉년이 들어 나라가 망할 것이니 풍년이 드는 동안 추수한 곡식을 5분의 1씩 저장했다가 흉년에 대비하라고 해몽하였다. 요셉의 해몽대로 이루어져 이집트는 흉년을 무사히 넘겼다.

우리나라에도 멋진 꿈 이야기가 있다.

김유신의 여동생 보희가 '토함산에 올라 오줌을 누었는데 그 오줌이 서라벌 시내에 가득 차는 꿈'을 꾸었다. 꿈에서 깬 보희가 창피해하며 꿈 이야기를 하자 동생 문희가 비단 치마 한 벌을 주고 그 꿈을 샀다. 하루는 김유신이 김춘추와 공놀이를 하다가 짐짓 김춘추의 옷고름을 밟아 옷고름이 떨어졌다. 김유신은 보희에게 옷고름을 달아주라고 시켰지만 소심한 성격의 보희는 그럴 수 없다며 사양했다. 언니를 대신하여 문희가 옷고름을 달아 주었는데, 이 일을 계기로 김춘추와 문희는 남몰래 사랑을 하게 되었다. 그러나 신분을 엄격하게 따지던 신라에서 가야의 후손인 문희와 왕족인 김춘추가 결혼한다는 것은 불가능한 일이었다. 그래서 김유신은 선덕여왕이 남산으로 나가는 때에 맞춰 마당에 장작을 모아놓고 불을 피워 연기를 냈다. 이를 본 선덕여왕이 궁금하게 여기며 묻자 사람들은 김유신이 자신의 여동생이 결혼도 하지 않은 채 아이를 가져서 여동생을 태워 죽이려한다고 했다. 사정을 알게 된 선덕여왕은 김춘추와 문희의 결혼을 허락했고 김춘추가 왕이 되자 문희는 신라의 왕비가 되었다.

꿈을 사고 팔기까지 하는 것이 재미있다. 사람들에게 꿈은 신이 인간에게 보내주는 계시였다. 파라오의 꿈이나 왕비가 되는 꿈뿐만 아니라 과거에 장원급제 하도록 신령님이 나타나 시험문제를 가르쳐주는 꿈 이야기도 있다. 이렇게 대부분의 꿈은 메시지가 숨겨져 있으므로 사람들은 꿈을 꾸면 신이 보낸 메시지를 풀어내려고 꿈 속의 이미지가 상징하는 것들을 연구했고 해몽서가 수도 없이 많이 나왔다.

그런데 1900년에 나온 해몽서는 그 전의 책들과는 전혀 달랐다. 비엔나의 의사 프로이드가 '꿈의 해석'이라는 책을 낸 것이다. 그는 자기가 꾼 꿈들과 그 내용에 관한 연상들을 자세히 적어놓고 꿈이 그날 있었던 일에서 자극을 받아 무의식계 안에 갇혀 있다가 되살아난 소망을 충족시키는 역할을 하는 것이라고 주장하였다. 그가 창시한 정신분석에서는 꿈 해석을 계시가 아니라 그 꿈을 꾼 사람의 무의식을 이해하는 방법으로 삼는다.

'꿈의 해석'이 나오면서 비로소 꿈이 신의 것이 아닌 인간 자신의 것으로 바뀌었으니 가히 혁명적인 주장이라 할 것이다. '꿈의 해석'이 처음 발간 되었을 때에는 거의 팔리지도 않았지만 지금은 그의 학설이 폭넓은 지지를 받고 있다. 그러나 사람들의 꿈에 대한 생각에는 변화가 쉽게 오지 않아서 꿈을 풀이하는 일은 여전히 점성술사나 역술가의 일이고 꿈에서 길흉화복을 점치려고 한다. 돼지꿈을 꾸면 횡재할 거라고 믿는 것이다. 복권이 맞은 사람들에게 물어보면 돼지꿈을 꾸었다는 사람들이 제일 많고 그 다음으로는 조상꿈을 꿨다는 사람들이 많다는 이야기도 있다.

꿈은 신비롭다. 꿈 속에서는 이국의 아름다운 풍광 속을 거닐기도 하고 샤갈의 그림처럼 연인과 함께 하늘을 날아다니기도 한다. 어린 시절의 행복했던 일들이 되살아나기도 하고 까맣게 잊고 살던 옛 친구가 등장하기도 한다. 때로는 알 수 없는 꿈을 꾸기도 하고 무섭거나 힘들었던 지난 일이 반복되는 악몽을 꾸는가 하면 오래 해결하지 못하고 있던 문제에 대한 답을 꿈 속에서 찾아내기도 한다.

꿈이 신비스러운 느낌을 줄수록 어떤 메시지가 숨어있을 것 같은 기대를 가지게 된다. 그러나 정신분석가는 꿈에서 길흉화복이 아니라 꿈꾼 이의 숨겨진 소망을 찾는다. 프로이드가 '꿈은 무의식으로 가는 왕도'라고 했듯이 꿈은 무의식의 보물창고다. 그가 드러내기 부적절하다고 판단한 소망들이 출몰하는 곳이요, 스스로 금지했던 욕망들의 가면무도회다. 정신분석가는 자유연상을 통해서 가면을 벗기고 욕망의 정체를 드러낸다. 이렇게 해서 욕망을 숨겨두는 대신 통제하고 극복할 수 있게 되는 것이다.

K씨의 꿈도 계시가 아니라 자기 마음 속에 자리잡고 있는 숨겨진 욕망으로 보면 그렇게 두려워할 일이 아닐 수도 있다. 꿈은 내 소망에 가면을 씌워 그린 그림일 뿐이요, 그 소망이 무엇이든 내가 바란다고 그대로 일어나는 것은 아니니까.

오이디푸스 콤플렉스와 효^孝

　소포클레스의 비극 중에 오이디푸스왕이라는 작품이 있다.

　테베의 왕 라이어스가 아들을 얻고 기뻐 신탁을 물었는데 그 아이가 장차 아버지를 죽이고 어머니와 혼인할 것이라고 하였다. 놀란 라이어스왕은 신하에게 아이를 죽이라고 명령하였다. 신하는 아기를 받아서 죽이려고 데리고 갔으나 차마 죽이지 못 하고 목동에게 주어 버렸고 목동은 아기를 이웃 나라의 왕에게 가져다 바쳐 아기는 왕자로서 자라났다. 세월이 흘러 청년이 된 오이디푸스가 자기의 운명을 점쳐 보고서는 아버지를 죽이고 어머니와 혼인할 것이라는 신탁을 받자 자기가 양자라는 것을 모르고 자기 운명을 피하기 위하여 집을 떠나 방랑하였다.

　그가 테베를 지나던 어느 날, 길거리에서 만난 신분이 높아 보이는 노인과 싸움이 붙어 노인을 죽이게 되었다. 당시 테베에는 스핑크스라는 괴물이 수수께끼를 내어 맞추지 못 하는 사람들을 죽이고 있었다. 수수께끼는 아침에는 네 발, 점심에는 두 발이고 저녁에는 세 발인 것이 무엇이냐는 것이었는데 오이디푸스가 그것은 사람이라고 답을 맞춰 스핑크스를 물리쳤다. 사람들이 그를 추대해서 얼마 전에 죽은 라이어스왕 대신 새 왕으로 삼고 미망인이 된 왕비와 결혼시켰다.

　오래 세월이 흐른 뒤 테베에 다시 역병이 돌았다. 신탁을 받아보니 아버지를 죽이고 어머니와 혼인한 죄인을 몰아내라는 것이었다. 그가 사실은 양자였음이 밝혀지고 신탁이 지적하는 죄인이 자기자신이라는 것을 알게 되자 자기 눈을 찔러 장님이 되어 유랑한다는 비극적인 이야기다.

　소포클레스는 사람은 신들이 정한 운명을 피할 수 없다는 것을 연극의 주제로 삼았지만 프로이드는 오이디푸스의 행적에서 사람들에게 보편적인 심리를 보았다. 모든 사람이 성장과정에서 이성 부모의 사랑을 얻으려 하고 동성 부모와는 적대시하는 시기가 있다는 것이다. 그는 이런 심리를 오이디푸스 콤플렉스라고 이름 짓고 이 심리를 잘 극복한 결과로 건강한 초자아를 만들어내게 된다고 하였다. 초자아는 단순하게 말하자면 양심과 이상을 결합시킨 개념으로 이해할 수 있다.

　그의 학설은 무의식이라는 개념을 이해하지 못 하는 사람들에게는 언어도단일 뿐이었다. 서양의 어떤 목사는 나는 그런 소망을 품은 청년을 본 적이 없다고 비난하기도 했고 우리나라에서도 동방예의지국에는 없는 일이라고 하기도 했다. 조두영 교수가 효를 오이디푸스 콤플렉스의 승화라는 가설을 내놓았을 때는 서울대학의 교수가 나라에서 주는 연구비로 우리의 미풍양속인 효를 폄하한다고 비난한 정치인도 있었다.

그들은 프로이드의 학설을 오해했을 뿐이다. 물론 아버지를 죽이고 어머니와 결혼하는 끔찍한 생각을 의식하고 있는 사람은 없고 무의식 안에 억압해서 겉으로는 결코 드러내지 않는다. 예를 들어 연장자나 상사를 지나치게 질투한다든지 언뜻 보아서는 거기에서 파생되었다고는 추측조차 하기 힘든 현상들만 나타날 뿐이다. 의식적으로는 드러나지 않더라도 인류학자들은 그들이 연구한 모든 민족에서 오이디푸스 콤플렉스를 찾아내어 그것이 범세계적인 현상이라는 것을 오래 전에 밝혀 내었다. 우리 문화에도 오이디푸스 콤플렉스가 있다는 것은 이미 여러 정신과의사들이 거듭 확인하였고 나도 두 편의 논문을 발표하였다.

오이디푸스 콤플렉스는 아이가 자라면서 겪고 극복해야 하는 정상적인 발달과정이다. 아이들은 대여섯 살 무렵에 부모에게 느끼는 두려움과 사랑으로 오이디푸스 콤플렉스를 극복하게 되는데 만약 어떤 이유로든지 극복하지 못하면 정신병리가 발생하게 되는 것이다. 부모와 친밀감을 유지하면서 존경하고 헌신하게 하는 우리의 '효' 문화는 오이디푸스 콤플렉스를 승화시키는 데에 도움이 되는 사회적 도구다. 시대가 바뀌고 세태가 달라져 그 의미와 양상이 바뀌고 있지만 효는 우리 선조들이 이룩한 값진 문화유산이다.

무시로 말썽을 일으키는 열여덟 살 아들 때문에 근심이 떠날 날이 없는 S씨가 어제는 그 아들이 무릎을 베고 누우려고 해서 징그럽다는 생각이 들었다고 한다. 그 아이는 아직도 오이디프스 콤플렉스가 해결이 덜 되었나 하는 생각이 스치면서 효도를 가르쳐 보면 어떨까 하는 마음도 들어 효에 대해서 한 번 더 생각하게 되었다. 어버이날이 내일이다.

돈오돈수

프로이드가 휴양지에 갔을 때 식당에서 카타리나라고 하는 웨이트리스가 다가와 자기를 진찰해줄 수 있는가 물었다. 숨을 쉴 수가 없고 질식할 것 같아 병원에 가서 처방을 받아 약을 먹어도 낫지 않는다고 했다. 그래서 자세히 물으니 잘 있다가 갑자기 눈을 누르는 것 같고 머리가 무거워지면서 귀가 윙윙거리고 어지러워 쓰러질 것 같아진다고 한다. 뭔가가 가슴을 죄고 목을 막아서 곧 질식해 죽을 것 같고 머리도 망치로 두들기듯 깨질 것 같이 아프다고 한다. 평소에는 용감한데 그럴 때는 뒤에 누가 서 있다가 붙잡아 갈 것 같고 죽을 것 같다고 했다.

그리고 그럴 때마다 자기를 쳐다보는 무서운 얼굴이 보여서 놀란다고 했다.

언제부터 시작된 증세인지 물으니 2년 전에 시작되었는데 1년 반 전에 이사를 왔는데도 낫지 않는다고 한다. 프로이드는 처녀가 성에 처음 노출되었을 때 일어나는 불안일 것이라고 가정하고 병이 나기 전에 무슨 일이 없었냐고 물었더니 아저씨가 4촌 자매, 프란치스카하고 같이 있는 것을 발견했을 때부터 그런 것 같다고 했다. 손님이와 요리 담당인 프란치스카를 찾을 때 4촌 동생이 아빠하고 같이 있을 거라고 해서 부르러 갔다가 문이 잠겨 있어 동생과 함께 유리창이 있는 쪽으로 가서 아무 생각 없이 창문으로 들여다보니 어두컴컴한 방에 아저씨가 그녀 위에 있었다. 놀라서 벽에 기대섰는데 숨이 막혔다. 너무 놀라서 그 동안은 그 일을 생각해낼 수도 없었다. 증세가 생기면 보이는 얼굴은 프란치스카가 아니고 아저씨 얼굴은 어두워서 똑똑히 보지 못 해서 아저씨 얼굴인지 아닌지 알 수 없다고 했다. 기분이 나쁘고 계속 그 생각이 났다. 그 장면을 볼 때 구역질이 났는데 무엇에 구역질이 났는지는 모르겠다고 했다. 그 후로 임신한 프란체스카와 아저씨를 남겨놓고 아주머니가 이혼해서 애들을 데리고 이사 왔다.

14살 때는 아저씨와 둘이 여행을 갔을 때 아저씨가 술에 취해 카타리나가 자고 있는 방에 들어와서는 거부해도 '하면 얼마나 좋은데 그래' 하면서 치근덕거려 저항하고 도망쳐 겨우 모면했던 일도 있었다고 기억해냈다.

이야기를 듣고 프로이드는 그 방을 들여다 보았을 때 그가 나한테 하려고 했던 일을 프란체스카에게 했다는 것을 깨닫고 그가 몸 위로 올라왔을 때 구역질이 나던 것을 상기했기 때문이라고 해석해 주었다. 무서운 얼굴에 대해서는 아저씨의 얼굴인데 그 때가 아니라 나중에 아저씨와 프란체스카의 관계가 다 드러났을 때 모두 카타리나의 탓이라고 격분하던 바로 그 얼굴이 보이는 것이라고 깨닫고서는 만족해서 돌아갔다.

카타리나의 사례는 프로이드가 가장 짧은 시간에 치료한 경우에 해당한다. 휴양지에서 우연히 만난 웨이트리스를 단 한 번의 면담으로 치료했으니 환상적인 사례라고 해야겠다. 물론 지금 정신과의사가 이런 환자를 만난다면 측두엽간질 같은 병을 먼저 배제하려고 할 것이라는 주장도 있다. 나도 공황장애로 오래 치료받던 환자를 의뢰받은 적이 있었는데 아무래도 간질의 증상일 가능성을 배제할 수 없어 검사를 권했던 적이 있다. 환자는 약만 먹으면 괜찮은데 무슨 검사냐고 거절하다가 어느 날 간질 발작을 일으켰다. 검사결과는 간질로 확진되었는데 어떻게 그렇게 오래 발작이 일어나지 않고 지냈는지 알 수 없었다. 아주 드문 경우여서 오래 전에 경험한 일이지만 기억하고 있다. 여하간 프로이드의 시절에 그가 카타리나의 증상을 심리적으로 해석한 것은 무리라고 생각하지는 않는다. 그는 정신분석가이기도 하지만 신경학자이기도 했으니까 당시의 신경학적 지식으로는 그런 형태의 간질발작이 있을 수 있다는 것이 알려져 있지 않았을 수도 있다.

나를 찾아오는 사람들은 거의 모두 자기의 고통을 이렇게 단숨에 설명하고 고쳐주기를 바란다. 불행하게도 이런 일은 가뭄에 콩 나기보다 드문 일이고 카타리나처럼 단숨에 나을 가능성은 희박하다. 심리적인 문제들은 프로이드가 생각했던 것보다 훨씬 더 복잡하고 끈질기게 계속 고통을 불러온다. 그도 경험이 쌓이자 환자들은 아픈 마음을 오래 내려놓지 못하기에 한 번의 설명으로는 부족하므로 수도 없이 반복해서 설명해야 한다면서 이 과정을 훈습working-through이라고 불렀다.

어느 날 모임에서 스님을 모셔다가 법문을 들으니 깨달음의 방법이 돈오점수와 돈오돈수라는 두 가지가 있다고 한다. 깨달은 후에도 오래 수행을 해야 깨우침이 조금씩 진전을 해서 온전히 깨우치게 된다는 이론을 돈오점수라고 하고 어느 순간 단박에 깨우쳐서 더는 수행할 것이 없다는 이론이 돈오돈수란다. 물론 돈오돈수라고 해도 오랜 동안 피나는 노력을 하다가 어느 날 갑자기 깨우침을 얻게 되는 것이지 초심자에게 해당되는 말은 아닐 것이다. 그러나 법문을 들으면서 정신치료에도 많은 환자들을 카타리나처럼 단 한 번의 면담으로 낫게 하는 치료법이 있으면 좋겠다는 생각이 머릿속에 맴돌았다.

지비

　춘추시대 위나라의 대부 거백옥은 공자님이 그를 군자라고 여겨 위나라를 지날 때 그의 집에 묵었다는 사람이다. 논어에 "군자로다! 거백옥이여. 나라에 도가 있으면 벼슬하고, 나라에 도가 없으면 거두어 숨길 수 있다.[君子哉 蘧伯玉 邦有道則仕 邦無道則可卷而懷之]"라고 하면서 그의 덕을 칭송하신 바 있다. 그는 나이 쉰에 지난 49년의 삶이 잘못이었음을 깨닫고 단번에 고쳤다는 이야기로 유명하다. 그래서 쉰을 잘못을 아는 나이라는 뜻으로 '지비'라고 부르게 되었다고 한다.

　사람은 누구나 잘못을 저지르며 산다. 아침에 눈을 떠서 밤에 잠들 때까지 크건 작건 한 번도 잘못을 하지 않은 날이 있을까? 잘못을 깨닫고 바로 고치는 일은 얼마나 자주 있을까? 보통사람들은 잘못을 저지르고도 고치기는커녕 전혀 의식하지도 못 하고 지나는 일이 더 많다. 그러니 잘못을 줄이려면 선현의 말씀대로 하루 세 가지는 성찰하고 반성할 필요가 있다.

　정신의학에서도 자기 정신상태가 잘못된 줄 아는 것을 중요하게 여긴다. 자기가 비정상적인 정신상태에 있는 줄 아는 것을 병식이라고 하는데 현실적으로 판단할 수 있는 능력 즉 현실감이 있어야 가능한 일이다. 병식이 없으면 망상을 가져 누가 들어도 엉뚱한 주장을 펴면서도 자기가 옳다고 굳게 믿고 헛것을 보거나 들으면서도 사실이라고 주장하게 되어 정신병 증세가 나타나게 된다. 이런 사람들은 자기가 병이 난 것이 아니라 다른 사람들이 어리석어 자기가 주장하는 대로 믿어주지 않는다고 답답해하고 화를 낸다. 병이 호전되어 현실감이 돌아온 다음에야 자기가 했던 말이 잘못된 줄 안다. 정신병은 아니더라도 비정상적인 사고나 행동을 하는 사람들 중에는 현실감이 있기는 하지만 부족한 사람들이 많다.

정신분석학에서는 한 걸음 더 나아가 자기 마음을 괴롭히고 비정상적으로 만드는 요인들을 이해하고 조절하는 것을 중요하게 생각한다. 영어로는 'insight'라고 같은 단어를 쓰지만 정신분석학에서 사용할 때는 병식이라고 하지 않고 통찰이라고 번역하는데 의미를 잘 살렸다고 생각한다.

정신분석학을 창시한 오스트리아 빈의 정신과의사 지그문트 프로이드는 히스테리 증상이 무의식에 있는 기억, 감정을 상징적으로 나타낸다고 보고 문제가 되는 기억을 찾아내 히스테리 환자를 치료하였다. 그는 무의식계에 자리 잡고 있는 숨겨진 기억을 찾아내 그 증상의 상징적 의미를 설명할 수 있게 되는 것을 통찰이라고 부르고 그것이 히스테리 증상을 없애준다고 생각하였다. 그래서 통찰을 정신분석의 가장 중요한 치료 목표로 제시하였다.

그런데 숨겨진 기억은 좌절된 욕망과 관계가 있는 것들이다. 자아가 위험한 욕망들을 좌절시켜 숨겨둔 곳이 무의식계가 된다는 것이 그의 주장이다. 이 욕망들은 비록 갇히기는 했지만 일상생활에서 자극을 받으면 영향력을 발휘해서 히스테리나 강박증 같은 노이로제 증상이 만들어진다.

무의식은 노이로제 증상만 생산하지는 않는다. 그 안에는 사고와 감정, 행동의 틀이 있어서 사람의 정신세계의 근원이 된다. 과거무의식이 틀로 찍어내면 현재무의식이 디자인을 고친 다음 마음의 방어체계와 협상이 타결되면 사람이 의식하는 사고와 감정이나 행동이된다.

이 결과가 현실에 맞지 않으면 어딘가 고쳐야 하니 정신분석이 필요해진다. 상담을 하면서 의사를 대상으로 해서 똑같은 무의식적 과정을 되풀이하는, 전이라고 부르는 현상이 나타난다. 병리가 확연히 드러나는 순간이기도 하고 새로운 과정으로 바꾸는 작업에 저항하는 현상이기도 하다.

알면서도 같은 실수를 반복하는 것이 사람인데 수십 년 몸에 배 습관이 된 것을 하루 아침에 고치겠다고 나서는 것이 과욕이 아닐 수 없다. 당연히 진땀을 흘리며 넘어서야 할, 프로이드의 말대로 '인내심의 시험'이 되는 지루한 고갯길이다.

사람이 마음을 바꾸기는 참으로 어렵다. 잘못을 깨닫고서도 오늘까지만 하고 내일부터 고치자면서 계속 잘못을 저지른다. 49년이나

몸에 밴 잘못을 깨닫고 단숨에 고쳤다는 거백옥은 차라리 예외적인
사람이어서 공자님도 칭찬하셨던가 보다.

머리에서 가슴까지

G가 상담하러 왔다.

새해 들어 첫 시간이라 자연히 새해결심 이야기를 하게 되었는데 올해에는 꼭 마음이 통하는 친구를 하나라도 사귀어 외로움에서 벗어나고 싶다고 한다. 학기 중에는 수업 시간에라도 말을 해볼 기회가 있는데 지금은 방학을 했고 가까이 지내는 사람이 없어 만나 놀자는 건 고사하고 전화도 한 통 없고 부모는 여행을 가서서 집에 혼자 있으려니 외로워 마음이 시리다고 한다.

해마다 새해결심은 친구를 사귀자는 것이었지만 친구가 생긴 적은 한 번도 없었다고 한다. 자기 또래의 누구하고 대화를 해 보아도 자기만큼 지성적인 사람이 없어서 남의 말은 다 시답잖게 들리고 화가 치밀어 자기도 모르게 혹독한 비판을 하게 된다고 한다. 자제하려고 하지만 결국 다가오던 사람들도 다 멀어지고 자기가 다가가지도 못하니 친구라고는 하나도 없다는 것이다. 그러면 안 되는 줄은 알지만 과거에 상처를 많이 받아서 생긴 성격이라 못 고치는 것 같은데 그래도 올해에는 꼭 친구를 사귈 수 있게 도와 달라고 한다.

책도 많이 읽고 아는 것도 많아서 자기가 자부하는 것처럼 또래 친구들보다 훨씬 똑똑하고 사리 판단을 잘 하는 그가 원인까지 다 알아 내고서도 고치지 못하고 성격 탓을 하는 것을 들으면서 아는 것만으로는 부족하다는 것을 다시 한번 실감하였다.

아는 것과 실천하는 것이 별개의 문제라는 것은 고대로부터 잘 알려져 있는 사실이어서 수많은 인류의 스승들이 실천을 강조해 왔다. 실천이 따라야 그 지식은 쓸모가 있고 살아 있는 지식이 된다는 것인데 정신분석적 설명도 같다. 임상에서 알면서도 실천하지 못 하는 사람들을 자주 만나게 되는데 G같이 성격이라 고쳐지지 않는다고 체념하고 있는 사람이 많다. 정신분석에서는 마음의 문제를 알고 그 문제가 생긴 원인과 경위를 이해하는 것을 통찰이라고 하는데 통찰은 생겼지만 문제는 전혀 해결되지 않는 사례가 있는 것이다. 이렇게 머리로는 알지만 실천이 따르지 못 하면 지식적 통찰이라 하고 가슴으로부터 우러나와 실천될 때에만 진정한 통찰이라고 설명한다. 산 지식만이 사람의 마음을 바꿀 수 있다는 것이다.

정신분석은 상담으로 사람의 마음을 이해하고 바꾸는 일이다. 의사와 환자가 함께 대화를 하면서 환자가 외면하고 무의식 속에 깊이 숨겨둔 마음 한 조각을 찾아내고 그 마음 조각을 더 이상 외면하지 않고 자기 마음의 한 부분으로 인정하고 다룰 수 있도록 함께 노력해 나간다. 통찰이 머리가 아니고 가슴으로 이해하는 살아 있는 지식이 되어 그를 괴롭히던 증상이 없어지고 치유로 이어지도록 하는 것이다. 그러나 머리에서 가슴까지는 아주 먼 길이 될 수도 있어서 끈질긴 노력이 필요하다. 프로이드도 처음에는 무의식 안에 숨어있는 원인을 알아내기만 하면 단 번에 고쳐질 것으로 생각했지만 나중에는 기나긴 훈습이 필요하다고 견해를 바꿨다. 수십 년 동안 반복하면서 무의식 안에 깊게 새겨진 습관을 바꾸는 데에는 통찰을 한 번 얻는 것으로는 부족하고 되풀이해서 그것을 새롭게 하는 과정이 필수적이라는 것이다.

위기는 기회다. 마음의 고통은 고통으로 끝나거나 깊은 상처를 남길 수도 있고 오히려 성장의 기회가 될 수도 있다. G도 그가 머리 속에서만 알고 있는 것들이 살아있는 지식이 되면 상처 받은 마음이 치유되고 그가 괴로워하는 성격도 성숙한 모습으로 바뀔 것이다. 그렇게 되면 그의 명석한 지성도 친구를 멀리 달아나게 하지 않고 불러모으게 되리라고 생각한다.

올해는 그의 결심이 꼭 이루어지기를 바란다.

만족에 대하여

신문을 보다가 올해 K팝스타 우승자인 이수정 양이 '왜 팝송 말고 부르기 어려운 가요로 계속 도전하세요?'라고 묻는 프로듀서에게 '저 그로(grow, 성장)하고 싶어요. 하던 것만 하게 되면 같은 것만 하게 되잖아요?'라고 대답했다는 기사를 읽게 되었다. 자기가 잘 하는 것 말고 다른 것에 도전하는 것은 의미 있는 일이지만 실천하기는 어렵다. 더욱이 오디션프로그램에서 그런 선택을 하다니 대단한 용기를 가진 사람이라는 생각이 들면서 스티브 잡스의 축사가 연상되었다.

그는 스탠포드 대학 졸업식에서 축사를 끝맺으면서 'Stay hungry. Stay foolish.'라는 스튜어트 브랜드의 말을 인용하여 사람들의 마음을 사로잡았다. 특유의 달변으로 안주하지 말고 자기가 원하는 것을 추구하라고, 도그마에 사로잡혀 남의 인생을 살지 말고 자기가 원하는 것을 추구하라, 나도 여러분들 나이에 그렇게 살았다고 젊은 졸업생들의 마음을 흔들어 놓았다. 되뇌일수록 단 세 개의 단어로 핵심을 꿰뚫은 명언이라는 생각이 든다.

꿈꾸는 젊음은 아름답다. 젊음의 순수한 이상은 어리석음일 수도 있지만 그것을 간직하고 절실하게 원할 때에만 모든 어려움을 이기고 원하는 것을 얻을 수 있다. 절실해야 행동으로 옮기고 이룰 때까지 밀어붙일 수 있다. 그 순수한 이상이 '어리석음'에, 절실함이 '배 고프다'는 한 마디에 맺혀 있는 것이다.

'배 고프다'는 말은 히딩크 감독도 했다. 우리 나라 축구팀이 월드컵에서 기대 이상의 성적을 내 모두 기쁨에 취해 있을 때 '나는 아직도 배가 고프다.'는 말로 선수들을 독려했다. 그것은 최고의 경기력을 보여주고 있는 선수들에게 만족하지 말고 끝까지 투혼을 발휘하라는 주문이었다.

'헝그리정신'이라는 말은 우리나라 사람들도 자주 쓰는 말이다. 운동선수들이 경기에서 최선을 다하지 않고 맥없이 무너질 때 헝그리 정신이 없다고 질타한다. 비단 선수들만이 아니라 자기에게 주어진 일을 소홀히 하는 사람에게 돌아오는 말도 '배가 불렀다'는 비난이다. 절실함은 일을 성공으로 이끄는 필수조건이기 때문이다.

욕망은 끊임없이 만족을 추구한다. 만족은 욕망의 종착역이고 만족을 얻으면 절실함이 없어져 동력을 잃는다. 그래서 큰 야망을 가지라고 하고 작은 성취에 만족하지 말라고 경계한다. 'Stay hungrry'라는 말도 같은 뜻이다.

그러나 역설적으로 야망은 만족에서 출발한다. 아기는 엄마의 기뻐하고 만족하는 눈빛을 보고 자기 자신에게 만족하고 자신감과 긍지를 가지게 되고 야망을 키우게 된다. 엄마가 만족하는 표정이 아이가 자기자신과 세상을 긍정적으로 바라보게 하는 창문이 되는 것이다. 엄마가 만족하지 못하면 아이는 자기를 부정적으로 보게 되고 열등감에 사로잡혀 세상과 자기자신을 부정적으로 평가하게 된다. 이렇게 자라면 어른이 되어서도 자신감을 가지지 못 하고 허황된 꿈 속에서 만족을 찾아 헤매게 된다. 사람은 자기 자신이나 주위 사람들이 만족해야 사람들의 신용을 얻고 책임감을 가지고 살아갈 수 있게 되는 것이다.

만족은 느낌이고 감정일 뿐만 아니라 경험이다. 자극이 주어져 도파민과 코티솔이 듬뿍 쏟아지면서 뇌 구조가 바뀌는, 생산적인 삶에 필수적인 경험이다. 만족을 느껴보지 못하면 만사가 공허할 뿐 의욕이 피어나지 않고 투지가 불 타오르지 않는다. 모든 일이 지겹고 오래 계속되면 감도 잃고 자신감도 없어져 슬럼프에 들어가기 쉽다. 반면에 한 번 성공하면 요령을 터득하거나 감이 살아나서 성공이 성공을 부르는 경우도 흔히 있다. 슬럼프에 빠졌던 선수가 한 번 안타를 치거나 슛을 성공시키면서 감을 되찾아 슬럼프에서 벗어나는 모습이 좋은 예가 된다. 바라던 대로 성공하는 만족스러운 경험이 자신감과 기량을 회복시키는 것이다.

만족은 주관적인 판단이어서 똑같은 일을 놓고서도 사람에 따라 만족과 불만이 엇갈린다. 예를 들어 은메달을 탄 선수보다 동메달을 탄 선수의 만족도가 더 높다고 알려져 있다. 은메달을 탄 선수는 놓친 금메달이 눈 앞에 아른거리고 동메달을 탄 선수는 메달을 못 탈 뻔했는데 다행이라고 생각하는 경향이 있어서 그렇다고 한다. 만족은 기대치의 함수인 것이다.

만족을 얻었을 때 욕망이 절실함을 잃고 안주할 수도 있고 그 만족을 연료로 삼아 기대치를 높여가면서 계속해서 더 큰 만족을 추구해 나갈 수도 있다. 잘 한다고 생각할 때 그 것을 더 잘 하려고 갈고 닦거나 이수정 양처럼 새로운 역량을 키워서 더 성장하려고 노력하는 것이 바로 'Stay hungry'라고 생각한다.

의견차이

엊그제 처음 진료를 받았던 공황장애 환자가 병이 다 나았다고 희색이 얼굴 가득하다. 약효가 천천히 나타나는 경우가 많아서 답답해하는 사람들이 많은데 한 번 진료를 받고 대번에 좋아졌다니 나도 기분이 좋다. 약을 더 먹어야 하느냐고 묻는데 그렇다고 답을 하고 약효가 떨어지면 다시 증상이 나타날 거라고 설명하면서 조금 미안한 마음이 든다. 말은 하지 않아도 속으로는 더 치료하지 않아도 된다는 말을 듣고 싶었을 텐데.

아프면 빨리 증세가 가라앉기를 바라고 가라앉으면 빨리 약을 끊기 바라는 것은 누구나 마찬가지여서 병세가 조금 덜해지는 듯싶으면 환자들은 증상이 다 없어지기도 전부터 치료가 끝나는 날을 묻는다. 우물에 가서 숭늉 달라는 격이고, 치료의 첫 번째 목표는 일단 증상이 없어지는 것인데 마음이 급한 사람들이 많다. 이들이 그렇게 서두르는 이유 중 하나는 약에 대한 두려움이다. 신경안정제를 먹으면 신경에 부담이 가거나 손상을 입을 것 같은 생각을 하는 사람들을 자주 본다. 의사도 아니면서 정신과에서 약을 처방 받았다고 하면 그런 약을 오래 먹으면 안 된다고 강력하게 말리는 사람들도 있다. 선의에서 출발했다고 하더라도 결과적으로는 정신의학에 무지한 사람들이 환자의 고통을 키우는 방식일 뿐이다. 정신과가 아니더라도 내과나 다른 과에서도 수도 없이 처방하는 약임에도 불구하고 복지부에서조차 마약에 준해서 관리를 지나치게 강화하고 있으니 전문가가 아닌 사람들이 선입관을 가지는 것도 무리가 아니다. 그러나 필요해서 처방하는 약을 두려워 거부하면 병이 낫지 않는다. 충분히 과학적 검증을 거쳤고 의사가 처방한 약을 막연한 두려움으로 회피할 이유는 없다.

약 뿐만 아니라 정신과 진료 자체에 대한 거부감도 있는데 정신의학이 정신병만 고치는 분야라고 오해하는 까닭에 생기는 경우가 많다. 내과가 심각한 병보다는 감기나 배탈로 오는 사람들이 훨씬 더 많은 것처럼 정신과에도 정신이 나간 사람보다는 직장에서 스트레스를 견디지 못하거나 신경성으로 몸에 이상을 느끼거나 이유 없는 불안, 우울에 시달리거나 가정불화로 삶에 지친 사람들이 대부분이다. 정신병만이 아니라 마음의 고통을 다루는 곳이라는 것을 알면 막연한 거부감은 가질 이유가 없어진다.

그런데 다 나았으니 이제 약을 먹을 필요가 없다, 더 치료 받지 않아도 된다고 말할 수 있는 기준이 무엇인가? 일단 병의 증세가 없어져야 한다는 조건이 필수적임은 물론이다. 그런데 여기서부터 의사와 환자가 의견 차이를 보이는 경우가 생긴다. 병 증세가 가라앉기 시작하면 나머지는 그냥 놓아두어도 계속 나을 것이라고 낙관하는 사람들이 있기 때문이다. 이들은 감기약도 며칠 먹고 말지 누가 증세가 다 없어질 때까지 오래 약을 먹는가 반론을 펴기도 한다. 그런 경우도 있지만 그 환자가 감기 같은 병이 아니라면 증세가 다 없어지고도 오래 더 치료가 필요한 사정인 것이다. 증세만 없어졌다고 곧 치료를 중단하면 기능이 충분히 회복되지 않거나 재발하는 경우가 많기 때문에 대충대충, 빨리빨리 정신이 충만하면 그만한 대가를 치르게 되기 쉽다. 반대로 의사의 권고대로 꾸준히 치료를 받으면 선생님 말을 듣기 잘 했다, 다 나은 줄 알았는데 그 때보다 훨씬 더 좋아졌다고 기뻐하는 경우도 생긴다. 보통은 환자는 경험이 없어 치료종결만 서두르고, 서두르면 좋지 않은 결과를 얻는다는 것을 잘 아는 의사는 치료종결을 미루게 된다. 재발을 경험한 다음에는 환자들도 의사가 왜 계속 치료해야 한다고 권하는지 실감하고 꾸준히 치료를 받게 되는 경우가 많다.

환자는 물론이고 의사도 진료를 하면서 '이제 다 나았습니다.' 라고 말할 때가 제일 기쁘다. 치료가 수월하게 잘 되었을 때도 그렇고 난치병이라 위기도 겪고 기복도 많았던 경우라면 더 기쁘다. 요즘은 치료방법도 발달되고 새로운 약들도 많이 개발되어 치료성과가 크게 좋아졌고 제 때에 치료를 시작하기만 하면 대부분의 증상을 없앨 수 있게 되었다. 다만 단숨에 완치할 수 있는 치료방법은 아직 없어서 오래 치료를 받아야 하는 환자들이 많아 유감이다.

선암사에서

초파일 연휴에 순천 선암사에 갔다.

매표소를 지나 좌우로 구부러진 길을 따라 절로 올라가는 길에 제일 먼저 만난 것은 깊은 개울 위에 얹혀 있는 짧은 아치형 돌다리, 승선교였다. 전란에 소실된 절을 호암선사가 중건하면서 관음보살을 뵙고자 정성을 다해 기도를 드렸으나 관음보살을 뵐 수 없어 절망하여 바위 위에서 투신하려는 순간 어떤 여인이 뒤에서 잡아 뛰어 내리지 못 하였다. 여인은 그대로 사라졌는데 선사는 투신을 막아준 그 여인이 바로 관음보살이었다는 것을 깨닫고 이 다리를 만들었다는 전설이 있다고 한다. 다리를 놓고 나니 모인 돈을 다 쓰고 딱 한 푼이 남아서 다리를 지키라고 다리 밑에 달아놓은 용머리의 입에 물려주었다는 이야기도 있는데 멀리서는 용머리가 잘 보이지 않는다. 다리를 정면으로 바라보니 5월의 눈부신 햇빛을 받은 아치가 물 위에 떠 있는 무지개처럼 아름답게 보인다. 아담하고 단아한 모습이 친근하게 느껴져 국보로 지정된 이유를 알 수 있을 것 같았다.

계곡 옆으로 난 녹음이 짙어가는 산길을 조금 더 올라가니 돌계단 9개 위에 일주문이 서있다. 문 안으로 들어가니 눈을 부릅뜬 험상궂은 사천왕도 보이지 않고 머리를 찧을 듯한 계단도 없이 평지에 바로 대웅전이 나타난다. 머리를 숙여 마음을 낮출 틈도 없이 모습을 드러낸 대웅전. 불자는 아니지만 부처님을 뵐 준비가 덜 되어 황망한 마음을 진정하며 다가가니 그 안에는 부처님 한분이 홀로 자비로운 미소를 보여 주신다. 세 분이 계시리라 예상했는데 이 법당 안에는 한 분 뿐이다. 그래도 넓지도 좁지도 않은 법당 안을 꽉 채우고 연화대 위에서 웃을 듯 말 듯 한가로이 나를 내려다보시는 부처님을 뵈니 마음이 가라앉는다.

대웅전을 떠나 그 유명한 500년 된 누운 소나무를 찾았다. 어디에 있을까 둘러보는데 낮은 돌담 뒤로 작은 소나무 군락이 보인다. 가까이 다가가 보니 커다란 소나무 한 그루가 옆으로 누워 있고 가지들이 수직으로 자라 마치 작은 소나무 군락처럼 보였던 것이다. 누운 소나무 역시 곧게 자라지 않고 이리저리 몸을 틀면서 구불구불 하지만 나이에 비해서 키는 그다지 크지 않다. 돌담을 따라 나무뿌리 쪽으로 가 보니 한 아름은 될 듯한 소나무 줄기가 짧게 지면과 평행으로 뻗어 나오다가 곧 가지 하나를 내어 하늘 높이 솟았는데 마치 굵직한 소나무 한 그루처럼 보인다. 본 줄기는 계속 뻗어나와 작은 소나무들이 서 있는 것처럼 보이는 가지들을 수없이 내었다. 옆으로, 위로 뻗은 가지들이 많아 그 무게를 버티기 어려운지 수많은 받침대가 큰 줄기와 가지들을 받히고 있다. 만약 사람이 받혀주지 않았다면 나무는 어떤 모습이 되었을까? 무게를 견디지 못 하고 말았을까, 땅에 몸을 내려놓았을까 궁금했다. 자연과 사람의 힘이 합해져 기이한 모습을 5백년이나 이어 오고 있다고 생각하니 그 것을 가능하게 만드는 사람의 힘이 새삼 위대하게 다가왔다.

문득 이 소나무를 이처럼 귀하게 여기고 보존하는 마음은 단순히 기이한 볼거리라는 생각에서 오는 것만은 아닐 것이라는 생각이 들었다. 우리 마음속에는 오래 된 나무를 영험하게 여기는 관념이 자리 잡고 있다. 마을에서는 당산나무에 제사를 지내는 풍습도 있었고 남대문을 보수할 금강송을 벨 때도 고사를 지내고 베었다는 뉴스를 보았다. 서초역 네거리 한가운데에 커다란 나무가 홀로 자리 잡고 있는 것도 단순한 조경 이상으로 오래 된 나무에 대한 우리의 심성이 배어 나온 결과라고 생각한다. 지금 이 소나무는 수령도 어마어마하게 길고 모습도 기이하기까지 하니 보는 이들의 마음속에 그저 눈요깃거리 이상의 무엇이 있으리라.

발길을 옮겨 650년 됐다는 고매를 찾았다. 법당 뒤편, 소나무의 반대편에 서있는 매화나무는 평소에 보던 매화나무들보다는 훨씬 컸고 줄기가 땅에서 머리를 내밀자마자 가지를 치면서 여러 개로 나뉘어 풍성한 모습을 드러내고 있다. 수령이 650년이나 되었으면 뭔가 남다른 데가 있으련만 그저 수많은 가지들 위에 풍성하게 싱그러운 푸른 잎들을 내고 있을 뿐 자랑하고 뽐내는 것이 없다. 이 나무 말고도 수령이 몇백 년씩 된다는 매화나무들이 수십 그루가 있었는데 한결같이 크게 티가 나지 않는다. 긴긴 시간을 추위가 가시기도 전에 꽃을 피워 은은한 향기를 내고 봄이 되면 풍성하게 잎을 내어 선비들의 사랑을 받아도 자랑하고 뽐내는 것 없이 묵묵히 제 할 일을 때에 맞춰 하고 또 하니 도가 따로 없다. 사람들이 몰려와 사진을 찍고 천연기념물로 지정을 하며 신기하게 여기든 말든 오로지 때에 맞춰 순행하는 것이 도를 보존하는 방법이 아니겠는가.

산을 내려가려고 누운 소나무 앞을 지나려니 법당 옆 커다란 바위 위에 돌로 조각한 아주 작은 동자승이 앉아있다. 통통하게 살이 오른 아이가 동글동글한 얼굴로 무엇을 바라보는 것 같지도 않고 무슨 생각을 하는 것 같지도 않고 그렇다고 심심해하는 것 같지도 않은, 그냥 무심한 표정으로 앉아 있다. 그 표정을 한참 쳐다보다가 어느 순간 말은 한 마디도 없지만 이것은 설법이구나 하는 생각이 떠올랐다. 눈으로 다 보여 주었는데 무슨 말이 더 필요하겠는가. 저 동자승이 바위 위에 무심히 올라 앉아 있듯이 작은 인간이 거대한 욕망 위에서도 무심히 앉아 있을 수 있다면 고뇌가 없다는 가르침이라고 생각하는 동안 어느 새 승선교를 지나 속세로 돌아왔다.

5
사과 이야기

지혜가 마음을 건강하고 풍요롭게 만들어 준다.
풋사과는 떫지만, 잘 익은 사과는 향기롭고 달콤하듯이.

사과 이야기

아침 식탁에 사과가 올라 왔다. 요즘은 과일이 종류가 많지만 아침 사과는 금이라고 하니 아침에는 사과를 먹을 때가 많다. 맛도 좋고 입안이 개운해져 좋다. 하루에 사과 한 개를 먹으면 의사가 필요 없다는 서양 속담도 있으니 건강에도 좋을 것이다.

사람들이 오래 전부터 사과를 좋아했던지 사과에 대한 이야기들이 많이 있다. 그 중 다섯 개는 정신과의사로서 특별히 관심을 가지게 된다. 첫째가 이브의 사과다. 인류는 그 사과를 먹음으로써 부끄러움을 알게 되고 낙원에서 쫓겨나 신산한 삶을 살게 되었다. 둘째는 불화의 여신 에리스가 결혼식에 초대받지 못해 앙심을 품고 던져 트로이전쟁을 일으킨 황금사과다. 셋째는 왕비가 백설공주를 죽이려고 한 독이 묻은 동화 속의 사과고 넷째는 이성의 상징인 뉴튼의 사과다. 마지막은 우리 시대의 사과, 컴퓨터와 핸드폰 위에 그려진 잡스의 한 입 베어먹은 사과다. 인터넷은 인류에게 혁명적 변화를 가져왔고 그 인터넷을 손에 들고 다니게 만든 것이 스마트폰이다.

사과 다섯 개를 보면 사람의 마음이 보인다. 이브의 사과, 황금사과와 백설공주의 사과는 사람의 욕망과 그 욕망의 결과다. 뉴턴의 사과는 사람의 이성이 마침내 자연을 이해하고 설명하기 시작한 사건이고 잡스의 사과는 이성과 욕망이 창조한 새로운 세상, 인터넷 세상이다. 사과를 창세기에 나오는 지혜의 나무 열매라고 하는 이유를 알 것 같다.

진료실에서 보는 사람의 마음은 욕망과 좌절, 사랑과 미움, 이상과 현실이 교차하며 갈등이 끊이지 않는 공간이다. 금지된 사과를 먹었다가 벌을 받고 미모에 눈이 멀어 위험을 자초하는 것이 욕망이고 욕망에 고삐를 채워 현실과 조화를 추구하는 것은 자아다. 프로이드가 무의식과 의식의 갈등이라고 표현한 숨겨진 욕망과 자아가 대립하는 것이다.

욕망이 꿈틀대기 시작하면 자아는 풍랑을 만난 배가 된다. 눈 먼 욕망이 현실을 무시하고 막무가내로 즉각적인 만족만을 추구하면 기쁨과 슬픔, 부끄러움과 분노, 미움과 질투의 파도가 배를 삼킬 듯 높이 일고 자아는 침몰할까 두려움과 불안에 휩싸이게 된다. 그러나 아무리 힘들어도 현실에 맞게 욕망에 고삐를 채우고 파도를 넘어 추구하는 바를 조절해 나아가야 한다. 그렇다고 욕망을 무조건 억누를 수도 없다. 욕망은 삶의 에너지의 원천이어서 욕망이 없으면 삶 자체가 무미건조하고 지루해지기 때문이다. 욕망은 없어서는 안 되고 다만 정제가 필요할 뿐인 것이다.

그러나 자아는 욕망에 관대한 모습을 보일 수도 없다. 사람에게는 욕망만 있는 것이 아니고 초자아도 있어서 자아에게 욕망을 제어하라고 요구한다. 만약 제어하지 못하면 준엄하게 처벌해서 낙원에서 쫓아내기도 하고 독이 묻은 사과를 보내기도 하는 것이 초자아다. 초자아는 양심과 이상을 합한 것이라고 이해할 수 있다.

자아는 욕망을 정제하면서 초자아가 가리키는 방향으로 풍랑을 헤쳐나가게 된다. 이 때 자아의 가장 좋은 도구는 이성이다. 욕망을 정제하는 것도 이성의 도움이 없이는 될 수 없고 초자아의 무리한 요구와 협상을 하는 데에도 이성이 필요하다. 이성은 사람에게 풍요와 만족을 가져다 주는 도구가 된다. 삶은 자아가 욕망과 초자아와 이성적인 타협에 성공했을 때 비로소 안정적이고 생산적이 되어 만족스러워지는 것이다.

거센 바람과 파도를 뚫고 나오면 그 동안의 고통이 자아에게 소중한 경험이 된다. 견딜 때는 힘들고 괴로웠지만 경험을 통해 얻은 교훈이 이제는 겪어 본 사람만이 아는 노하우가 되고 자신감의 원천이 된다. 이런 경험들이 켜켜이 쌓여 곰삭으면 보석처럼 빛나는 삶의 지혜가 된다. 바로 이 지혜가 마음을 건강하고 풍요롭게 만들어 준다. 어려움을 이겨내고 나면 삶에 깊이가 생기고 여유가 생기는 것이다. 풋사과는 떫지만 따가운 햇볕과 바람을 받으며 잘 익은 사과는 향기롭고 달콤하듯이.

이브의 사과

　햇사과가 나왔다. 가을 햇볕이 붓으로 빠알간 칠을 해놓은 듯 잘 익은 사과의 모양이 너무나 유혹적이어서 '먹음직스럽고 소담스럽고 먹으면 슬기로워질 것 같다'고 한 성경구절을 연상시킨다. 구약 창세기에는 선악과라고만 했지 과일 이름은 적혀있지 않아 이견이 있지만 사과라고 생각하는 사람들이 많았는지 지혜의 나무에는 사과가 달려 있는 그림들이 많고 남자의 목에 튀어 나온 뼈도 아담의 사과라고 부른다.

　잘 생긴 사과를 보면 이브가 뱀의 유혹에 빠진 것이 무리도 아니라는 생각이 든다. 무엇이든 금지되면 더 해 보고 싶은 것이 사람의 마음 아닌가. 매혹적인 모양에다가 금지된 것이기에 더 먹어보고 싶은 충동을 느꼈을 것이다. 게다가 선악과를 먹으면 하느님과 같아질 수 있다고 뱀이 이브의 욕망을 자극하기까지 했으니 떨치기 어려운 유혹이었을 것이다.

　사람은 욕망하는 존재다. 끊임없이 무엇인가를 가지고 싶어하고 가지면 더 좋은 것을 더 많이 가지고 싶어한다. 아담과 이브의 욕망이 혹독한 결과를 가져왔지만 사람들은 그 후로도 가지가지 욕망으로 하느님의 분노를 사 홍수로 다 죽기도 하고 하늘 높이 탑을 쌓다가 무너지기도 하고 도시가 불타 버리기도 하는 이야기들이 성경에 나온다. 번번히 실패하면서도 되풀이 하는 것은 어리석음이라기보다는 어떤 시련에도 욕망하는 존재라는 사람의 본질이 바뀌지 않기 때문일 것이다.

　아담과 이브의 이야기에는 사람의 욕망 외에 또 한 군데 눈에 띄는 부분이 있다. 선악과를 먹고 눈이 열려 알몸인 것을 알고 무화과 나무 잎으로 두렁이를 엮어 가렸다는 대목이다. 부끄러움과 선악과의 지혜를 연결시킨 것은 뛰어난 통찰이다. 부끄러움은 창피를 당했을 때 얼굴이 붉어지는 단순한 생리적 변화만이 아니고 지혜의 소산이다. 잘못을 모르면 부끄러움도 없다. 잘못을 저지르고서도 태연하게 있다가 누가 일러주면 그제서야 깨닫고 부끄러워 얼굴이 붉어지는 일도 많다. 아담과 이브가 알몸인 것을 알고 가린 것은 잘잘못을 판단할 지혜가 생겼다는 뜻이 된다. 부끄러움은 생리적으로는 교감신경계가 비활성화 되면서 부교감신경계가 활성화 될 때 수반되는 정서다. 교감신경계는 흥분과 활동을 담당하고 부교감신경계는 진정과 재충전을 담당한다. 자동차에 비유하면 교감신경계가 액셀이라면 부교감신경계는 브레이크다.

　자동차 운전을 처음 배울 때였다. 학원에 다니고 시험을 쳐서 면허는 받았지만 차를 운전해 거리에 나가려면 좀더 훈련을 받아야 할 것 같았다. 육군 수송대에서 준위로 정년퇴임을 한 분이 도움을 주었는데 그는 내가 면허증을 땄다는 사실은 관심이 없다는 듯 어느 것이 브레이크 페달인지 묻는 것으로 첫 수업을 시작했다. 그의 다음 말은 '가지 않는 차는 사고를 내지 않지만 서지 않는 차는 반드시 사고로 이어지니 운전을 할 때는 액셀보다 브레이크가 중요하다'는 것이었다. 새 차를 몰고 고속도로를 쌩쌩 달리는 멋진 모습을 그리고 있다가 뜻밖의 말을 들어서인지 그의 첫 수업은 30년 넘게 지난 지금도 잊을 수 없다. 오늘까지 큰 사고 없이 운전을 하고 있는 것은 그가 안전운전을 강조해 훈련시켜준 덕이라고 생각한다.

부끄러움은 달리는 차를 멈추게 하는 브레이크처럼 사람을 제약하는 정서다. 부끄러움을 많이 타면 수줍어지고 해야 할 말을 못 해 사람들과의 소통에 어려움이 생긴다. 개인적인 소통도 그렇지만 여러 사람 앞에 나설 때는 더 큰 곤란을 겪게 된다. 발표라도 하려면 목소리는 떨리고 가슴이 두근거리면서 공포증까지 느끼게 된다. 부끄러움이 심하면 아예 사람이 많은 곳에는 가지도 못 한다. 뿐만 아니라 의욕을 잃고 침울해져서 기를 펴지 못하고 자기를 비하하게 되어 소극적인 사람이 된다.

그러나 사람이 진정하지 못하고 흥분만 계속한다면 어떻게 될까? 쉬지 않고 일만 한다면 그는 오래지 않아 지쳐 쓰러지게 될 것이고 절제하지 못 하고 욕망대로 행동한다면 브레이크 없는 자동차를 운행하는 것과 같아서 필연적으로 사고로 이어지게 될 것이다. 이런 위험에 빠지지 않게 인체가 부교감신경계를 활성화해서 몸에 에너지를 재충전시키고 욕망을 제어해서 자기를 안전하게 보호하는 과정에서 생겨나는 정서가 부끄러움인 것이다.

또한 그것은 사회적인 정서다. 사람이 자기를 통제하는 기본적인 도구가 되어 독립적인 개체로 성장하고 사회 안에서 남들과 함께 조화를 이루며 살아갈 수 있게 만들어 준다. 이런 까닭에 '맹자'에는 잘못을 부끄러워하고 미워하는 마음이 정의의 싹이라고 하였다.

브레이크가 온전해야 마음 놓고 속력을 낼 수 있다. 선악과를 먹고 낙원은 잃었지만 부끄러움을 알게 되어 사람이 자기의 삶을 스스로 통제하고 서로 도와 가며 살아갈 힘을 얻었으니 이것은 득인가 실인가? 하느님의 섭리는 실로 오묘하다고 할 밖에 없다.

황금사과

    바다의 여신 테티스와 영웅 펠레우스의 결혼식에 다른 신들은 모두 초대를 받았지만 불화의 여신 에리스만은 초대를 받지 못 했다. 노한 에리스 여신은 잔치 자리에 '세상에서 제일 아름다운 이에게'라는 문구가 적힌 황금사과를 던졌다. 아테나, 헤라, 아프로디테 세 여신들이 이 사과를 두고 다투자 제우스는 이데산의 목동 파리스에게 심판을 맡겼다.

    파리스는 아프로디테 여신의 여성적인 미모에 끌려 세상에서 가장 아름다운 여인을 주겠다는 여신의 제안을 받아들이고 황금사과를 넘겨주었다. 가장 아름다운 나라의 지배권을 약속했던 헤라, 지혜와 용기를 지닌 최고의 사나이라는 명예를 약속했던 아테나 두 여신은 분노에 차서 트로이를 멸망시키겠다고 저주하며 떠났다. 파리스가 지금은 목동이지만 원래는 트로이성의 프리아모스 왕의 아들이기 때문이다. 왕비가 임신 중에 성이 불바다가 되고 잿더미로 변하는 꿈을 꾸어서 낳자마자 이데산에 내다 버렸던 것이다.

    아프로디테 여신이 약속한 여인은 스파르타의 왕 멜라네오스의 아내 헬렌이었다. 멜라네오스가 외국으로 간 사이에 스파르타에 도착한 파리스는 헬렌을 보자 한 눈에 아프로디테 여신이 약속한 여자인 줄 알아 보았고 헬렌도 파리스를 보자 첫눈에 반해서 형식적인 반항을 한 후에 납치 당했다. 멜라네오스는 아내를 되찾기 위해 그의 형이자 미케네의 왕인 아가멤논을 대장으로 하는 그리스 연합군을 편성해서 트로이와 전쟁에 나섰다. 올림포스의 신들까지 끼어든 이 전쟁에서 그리스와 트로이의 수많은 영웅들이 피를 흘렸고 결국 트로이는 멸망하였다.

이 전쟁을 노래한 호머의 서사시 일리아드를 읽노라면 사람은 욕망하는 존재고 그 욕망은 즉각적인 만족만을 추구할 뿐 다른 어느 것도 고려하지 않는다는 것을 실감하게 된다. 파리스는 행복한 결혼생활을 하고 왕가에 다시 받아 들여졌는데도 아름다운 헬렌만 눈에 보일 뿐 다른 나라 왕비를 납치하면 어떤 일이 일어날지 아버지 프리아모스 왕이 준 임무가 무엇이었는지 아랑곳하지 않고 부하들을 선동해서 약탈하고 납치한다. 그리고는 크라나 섬으로 가서 결혼식도 올리고 몇 년 동안이나 트로이로 돌아가지 않는다. 헬렌도 파리스 못지 않다. 형식적인 반항 끝에 납치되어서는 결혼식도 올리고 트로이에 가서는 파리스만을 사랑한다고 말해 트로이 사람들을 전쟁에 나서게 만든다. 이성의 목소리가 없었던 것은 아니었으나 미약하고 곧 거센 욕망의 파도에 묻혀 버리고 만다. 무모하고 무책임하지만 욕망이란 원래 그런 것이다.

그래도 욕망은 아름답다. 보기 좋은 그림도 듣기 좋은 음악도 맛있는 음식도 예쁜 옷도 다 욕망이 가져다 준 선물이다. 모든 문화는 욕망이 창조한 것이고 생명조차도 욕망으로 좇아 생겨난 것이다. 욕망이 없다면 가슴 설렐 일도 없고 웃을 일도 눈물을 흘릴 일도 없이 삶은 재미없고 지루할 것이다. 나아가 문화도 없고 인류도 없다.

그러나 욕망은 만족을 모르고 스스로 무한히 확대 재생산을 반복하다가 어느 순간에 탐욕이 되고 시샘이 되어 그 아름다움을 잃는다. 이루지 못할 줄 알면서도 도전하고 추구하는 욕망은 존경 받을 일이지만 해서는 안 되는 줄 알면서도 멈추지 않고 더 하는 탐욕은 비난받을 일이다. 심미적인 견지에서 보면 경계는 불분명하지만 아름다운 것은 욕망이고 추악한 것은 탐욕이다.

탐욕이 좌절되면 분노가 일면서 변질되어 시샘이 된다. 탐욕은 가지려고 추한 짓도 삼가지 않지만 시샘이 되면 더 이상 가지려고 노력하지 않고 오로지 내가 갖지 못한 것을 파괴하는 데에만 집중한다. 속담에 못 먹는 감 찔러나 본다는 것이 바로 시샘을 말하는 것이다. 시샘을 본능이라고는 하지 않지만 그에 못지않은 에너지를 가진 감정이다. 시샘이 곤란한 한 것은 자기에게 도움이 되는 것, 필수불가결한 것조차 파괴하고 파멸로 이끌기 때문이다. 거위가 한 번 황금알을 낳으면 주인은 날마다 더 많이 낳아 주기를 바라게 된다. 바라는 대로 되지 않으면 뱃속에 든 황금을 한꺼번에 꺼내려고 거위를 죽이는 것이 시샘이다. 시샘이 휩쓸고 간 마음속에는 싹쓸바람급 태풍이 지나간 자리보다 더 심한 파괴만 남는다. 사랑과 기쁨은 쓸려가 사라지고 아무 것도 남지 않은 황량한 마음속에 외로움과 공허함 그리고 아직 다 하지 못한 분노와 일말의 죄책감만 남아 일렁거리게 된다.

시샘은 사람에게 보편적인 감정이다. 순자는 사람에게는 이익을 추구하는 본성이 있어 나면서부터 시새우고 미워하게 되어 있다고 하였다. 그는 욕망이 필연적으로 시샘으로 이어진다고 보고 인간의 본성은 악하기에 철저한 교육을 통해서 바로 잡아야 한다고 하였다. 욕망이 시샘으로 변질되지 않게 관리하고 시샘을 극복하는 것은 행복과 바로 이어지는 길이다.

욕망은 어머니다. 사람의 일이 모두 욕망에서 비롯되었고 그 안에서 번영을 누린다. 그러나 욕망이 좋은 것만 낳아 기르는 것은 아니어서 모든 것을 파괴하는 시샘도 낳았다. 올림포스의 여신들도 사람과 다름없는지 아테나, 헤라 그리고 아프로디테 세 여신들은 황금사과 하나를 두고 다투고 시새워 그 많은 사람들을 무려 10년이나 피비린내 나는 전쟁 속으로 몰아 넣었다.

'가장 아름다운 이에게'라는 글귀가 적힌 황금사과가 몰고 온 것이 잔혹한 대살륙이라니… 욕망은 양날의 칼이다.

백설공주의 사과

주말에 모임이 있어 지하철을 탔다. 몇 정거장 지나니 사람들이 거의 내리고 차 안이 한산해졌다. 건너편에 앉아 졸던 여자가 정신을 차리더니 거울을 꺼내 보면서 머리를 빗고 화장도 고치고 옷 매무새도 고치고서 대여섯 살 돼 보이는 딸도 머리를 빗겨 준다. 그 사이에 아이가 엄마의 거울을 들고 제 얼굴을 요리조리 비쳐보는 양이 자기 엄마가 하던 모습과 꼭 닮았다. 문득 저 아이는 지금 거울을 보면서 무슨 생각을 할까 궁금해지며 동화 '백설공주와 일곱 난쟁이'가 생각났다.

저 만한 또래의 아이들이 좋아하는 동화 '백설공주'에 나오는 계모는 마술 거울에게 누가 세상에서 제일 예쁜가 거듭 묻는다. 그러면 백설공주는 거울을 볼 때 무슨 생각을 했을까?

동화의 내용으로 추측해보면 아마 엄마보다 더 예뻐지고 엄마가 화를 내고 복수하려고 하면 왕자가 나타나 구해 주고 결혼하는 생각들을 했을 것이다.

정신분석학에서는 무의식 안에 갇혀서 드러나지 않는 오이디푸스 콤플렉스라고 부르는 심리를 중요하게 생각한다. 이 심리는 어린 딸이 아빠에게 사랑 받는 엄마를 질투하고 경쟁하는 가족 안의 삼각관계를 말하는 것으로 보통 엄마의 복수가 두려워 경쟁을 포기하고 아빠 대신 다른 남자를 찾는 것으로 극복하게 된다. 백설공주 이야기는 정신분석학에서 말하는 오이디푸스 콤플렉스의 전형적 구도와 결말에서 아주 조금 변형되었을 뿐이다. 엄마를 계모로 바꿔 놓았지만 거울이 판정하듯 엄마와의 경쟁은 이미 승리로 끝났고 엄마가 복수로 독이 묻은 사과를 먹여 죽였는데 이웃 나라 왕자가 구해 주고 결혼하는 것으로 마무리한 것이다.

오이디푸스 콤플렉스 속에서 딸은 엄마를 질투해 미워하고 적개심까지 가지게 되는데 이런 마음이 생기면 죄책감이 따라온다. 남에게 해를 끼쳤을 때 벌을 받지나 않을까 두렵고 마음이 아프고 자기를 비하하며 괴로워하게 되는 심정이 바로 죄책감인 것이다. 그 것은 사람에게 가장 괴로운 감정들 중 하나여서 심하면 사람을 죽음으로까지 몰고 가기도 한다.

그러나 죄책감은 부끄러움과 함께 사람을 도덕적으로 만드는 지극히 중요한 감정이다. 인류학자인 베네딕트는 '국화와 칼'에서 부끄러움보다 죄책감을 느끼는 것이 더 문명화된 것으로 보았으나 그렇게만 볼 수는 없고 동양과 서양의 문화적차이로 보는 편이 타당하다. 프로이드는 이 죄책감에서 초자아가 생겨난다고 하였고 초자아의 중요한 한 부분이 양심이다.

하루 종일 쉴 새 없이 자아를 감독하고 견제하는 역할을 하는 양심은 사람마다 크기에 차이가 많다. 양심은 발라야 한다. 양심이 없으면 사회규율을 어기는 일이 많고 심하면 죽을 죄를 짓고서도 죄책감이라고는 찾아 볼 수 없는 싸이코패스가 된다. 하지만 양심이 너무 큰 것도 탈이 되어 도덕군자를 만드는 것이 아니라 오히려 털끝 만한 잘못에도 며칠씩 자책을 하는 노이로제를 만들어 낸다. 양심은 백설공주의 계모가 독이 묻은 사과를 먹여 벌을 주는 것처럼 가혹해질 수도 있으나 그렇게 한다고 더 양심이 바르게 되는 것이 아니고 미숙함만 드러내는 것이다. 성숙한 초자아는 양심이 바르면서도 자아를 지나치게 괴롭히지 않는다.

오이디푸스 콤플렉스는 아이가 성장해가는 과정에서 겪는 정상적인 심리다. 세계 어디에나 백설공주 이야기와 같은 구조를 가진 동화들이 많이 있는 것을 보아도 알 수 있다. 이것을 무난하게 겪어내면 죄책감에 시달리지 않으면서도 양심적인 건강한 마음을 가지게 되고 그렇지 못하면 노이로제가 된다. 오이디푸스 콤플렉스가 의식세계에는 모습을 드러내지 않지만 사람의 정신세계에 커다란 영향을 미치는 것이다.

엄마가 아이에게 들려주는 이야기는 삶의 지혜가 가득한 보물 창고이고 지혜를 전해주는 좋은 방법이다. 아이는 이런 이야기들 속에서 아들은 아버지를, 딸은 엄마를 닮아가는 것으로 이 콤플렉스를 극복하는 방법을 배우게 된다. 오이디푸스 콤플렉스는 초자아를 만드는 과정이고 가풍과 문화가 대를 이어 전승되는 메카니즘인 것이다.

뉴튼의 사과

영국을 여행하면서 사과를 처음 만난 것은 아침 뷔페에서였다. 여러 가지 과일들 사이에 빨간 사과와 파란 사과가 쌓여 있었는데 서울에서 보던 것과는 사뭇 달랐다. 크기가 너무 작아 사과가 아니라 능금을 보는 느낌이어서 어릴 적에 어머니가 자하문 밖 능금 밭에 데려 갔을 때 열매가 조그마하고 사과처럼 맛이 있었던 기억이 났다. 능금의 기억 탓인지 영국 사과도 작지만 맛이 있다고 생각하면서 여행하는 동안 즐겨 먹었다.

내가 영국 사과에 관심을 많이 가졌던 것은 뉴튼이 사과가 떨어지는 것을 보고 중력을 발견했다는 이야기 때문이다. 이 것은 사람이 자연의 법칙을 찾아 내는 상징적인 사건이다. 우연이기는 하지만 지혜의 나무 열매인 사과가 맛과 영양 만이 아니라 과학 발전에도 사람들에게 지대한 공헌을 한 것이다. 뉴튼에게 영감을 준 그 사과나무는 애석하게도 늙어서 죽었고 그 후손이 되는 나무가 자리를 지키고 있다고 한다.

"나는 생각한다. 고로 존재한다."는 말이 있듯이 사람은 생각한다. 뇌가 다른 생명체에 비해 압도적으로 큰 신피질을 가지고 있어서 본능과 감정 이상의 사고가 가능해졌기 때문이다. 이 점이 다른 동물들과의 차이를 만들어 이성을 가지게 된 것이다.

사람은 물리적으로는 그리 강한 존재가 아니다. 코끼리처럼 체격이 크고 힘이 센 것도 아니고 말이나 치타처럼 빠른 것도 아니다. 그럼에도 불구하고 사람이 그들을 이길 수 있는 것은 이성이 있기 때문이다. 사람들은 이성의 도움을 받아 자연에 적응하고 생존하는 방법을 찾아 왔다. 자연과 자기 자신을 이성적으로 관찰하면서 법칙을 하나씩 찾아낸 것이 철학이고 과학이다.

사람의 이성은 자라면서 환경으로부터 습득하게 되는 것이다. 태어날 때는 사고도 무엇이든 마음 먹은 대로 다 이루어진다는 전지전능한 환상에 사로잡혀 동화 속에서처럼 하늘을 날기라도 할 수 있을 것 같이 생각한다. 이런 비논리적이고 비현실적인 사고를 정신분석학에서는 일차적 과정 사고라고 부른다. 아기가 성장하면서 뇌가 발달하고 세상과 접촉하면서 정신분석학에서 이차적 과정 사고라고 부르는 논리적이고 현실적인 사고를 하게 되고 이성이 생겨난다.

이성은 사람에게 가장 유용한 도구여서 욕망과 감정을 벼르고 순화하여 실현 가능한 모습으로 바꾸고 이루어 낼 방도를 찾아 낸다. 만약 이성이 없다면 꿈꾸던 소망들은 아무리 아름다운 것이더라도 한낱 꿈에 그치고 말 것이다. 이성을 차갑기만 하다고 생각하는 것은 유감스러운 일이다. 그것은 합리적이고 현실적일 뿐 특별히 차가운 것도 아니고 욕망, 열정의 반대말도 아니다. 이성 자체에는 온도가 없어서 차가운 이성도 따뜻한 이성도 없다. 감정이 덧씌워졌을 때에만 온도가 생긴다. 긍정적인 감정도 부정적인 감정도 이성을 변형시킨다. 그리고 변형될수록 가치를 잃는다. 반대로 이성이 감정의 온도를 조절할 때 이성과 감정은 원원하는 최선의 조합이 된다. 불 타는 사랑도 불타는 분노도 없으면 사는 재미는 조금 덜해지겠지만.

욕망과 이성은 반대말이 아니다. 욕망이 없으면 엔진이 꺼진 자동차와 같고 이성이 없으면 핸들이 고장 난 자동차와 같다. 그 둘은 서로 보완하고 돕는 관계에 있다.

사람의 뇌는 무엇이든지 설명해 보려는 경향이 있어서 임상에서 기억력이 손상된 환자들을 보면 천연덕스럽게 거짓말을 한다. 사실과는 다르지만 최대한 그럴 듯한 설명을 찾아낸 것인데 조금 있다가 다시 물으면 전혀 다른 내용이지만 여전히 어떤 설명을 찾아낸다. 사람들의 자연에 대한 설명도 마찬가지여서 전혀 맞지 않는 비합리적인 설명들도 많았지만 이성은 과학의 힘을 통하여 하나씩 합리적인 설명으로 대체해 왔다. 지구가 넓은 판 모양이 아니라 둥근 공 모양이라든지 태양이 지구 주위를 도는 것이 아니라 지구가 자전을 하기 때문에 해가 뜨고 지는 것이라는 합리적인 설명이 가능해진 것이다. 뉴튼의 사과가 상징하는 것이 바로 이것이다.

자아가 이성의 도움으로 욕망과 부끄러움, 시샘, 죄책감 같은 감정들의 파도를 헤쳐 나가려고 노력할 때 가장 큰 적은 두려움과 분노다. 두려워지면 이성이 마비되고 굴복해서 자유 의지를 잃고 남이 시키는 대로 끌려 다니게 되고 분노가 폭발하면 이성의 목소리를 무시하고 감정이 시키는 대로 하게 된다. 어느 시대에나 독재자들이 대중의 이성을 마비시키고 정치공작을 하기 위해서 사용하던 가장 큰 무기도 두려움과 분노였다. 공포로 억누르고 분노로 선동했던 것이다.

이성은 사람에게 주어진 축복이다. 사람들은 이성에 힘입어 오늘의 문명을 이루었고 개인으로서도 이성이 있어서 남에게 예속되지 않고 자유를 향유할 수 있고 마음의 평정을 지킬 수 있는 것이다. 이성은 미래에도 이제까지처럼 사람에게 더 좋은 세상을, 더 좋은 삶을 만들 도구가 되어 줄 것이다.

잡스의 사과

사람은 도구를 사용한다. 사람들은 원시 시대부터 여러 가지 도구를 사용해 왔고 새로운 도구가 만들어지면 그로 말미암아 삶의 양식까지 바뀌어서 도구의 발달은 곧 문명의 발달로 이어졌다. 어떤 시대에나 그 시대를 대표하는 도구가 있었고 우리 시대를 대표하는 도구는 컴퓨터와 인터넷이라는 데에 이견은 없을 것이라고 생각한다. 후세 사람들은 우리가 석기 시대, 청동기 시대, 철기 시대라고 부르듯이 이 시대를 인터넷 시대라고 부르지 않을까.

컴퓨터가 필라델피아 대학에서 처음 만들어졌을 때는 진공관을 무려 19,000개나 꽂고 길이 26미터에 30톤의 무게를 자랑하는 거대한 기기였지만 몇 차례의 진화를 거듭한 끝에 책상 위에 올라갈 수 있는 자그마한 크기로 줄어들었다. 하드웨어뿐만 아니라 비지칼크 같은 스프레드시트 프로그램도 개발되어 수요가 늘어났을 때 스티브 잡스는 애플2라는 컴퓨터를 만들어 본격적으로 개인용 컴퓨터의 붐을 일으켰다. 잡스는 자기 회사를 애플이라고 이름을 짓고서 한 입 베어 먹은 사과를 로고로 삼았고 애플 컴퓨터의 후속 제품도 역시 사과 품종의 이름인 매킨토시라고 지었다. 컴퓨터는 계속 크기가 줄어들어 들고 다닐 수 있는 노트북이 나왔고 소프트웨어가 개발될 때마다 점점 더 유용해져서 복잡한 계산은 물론이고 모든 학문과 기술을 높은 차원으로 이끌었다. 손으로 하던 업무가 다 컴퓨터 위에서 이루어지고 종이문서를 따로 저장할 필요도 없어졌고 이제는 업무는 물론이고 학습이나 음악 미술 같은 취미생활까지 모두 다 가능한 일상적인 도구가 되었다. 컴퓨터가 보급되면서 서로 연결하는 네트워크가 생겨났고 월드와이드웹이 개발되자 인터넷이라는 가상공간이 생겨나 땅 위에 있던 모든 것들이 그 안으로 옮겨와 새로운 대륙을 만들었다. 전 세계 사람들이 인터넷 안으로 몰려들어 정부와 공공기관에서부터 학교, 도서관, 은행, 병원, 회사와 가게들, 놀이터까지 없는 것 없이 다 생겨난 것이다.

인터넷은 새로운 세상을 열었다. 컴퓨터만 있으면 다른 지역에 사는 사람들과도 화상으로 얼굴을 보면서 회의를 할 수도 있고 매일 회사에 가는 대신 재택근무를 할 수도 있고 직접 가지 않아도 서류를 주고 받고 만나지 않고서도 친구들과 놀 수 있게 되었다. 개인용 컴퓨터가 인터넷과 함께 일으킨 변화는 가히 혁명적이라고 할 수 있다.

잡스는 2007년 아이폰이라는 새로운 사과를 만들었다. 아이폰은 휴대용 전화기에 카메라와 MP3가 달려있을 뿐만 아니라 컴퓨터로 할 수 있는 모든 일이 가능하니 전화기가 아니고 책상 위의 컴퓨터가 손바닥 안으로 들어온 것이다. 새로운 사과는 사람들을 열광시켰다. 아이폰을 효시로 스마트폰이라는 이름으로 불리는 새 전화기들이 쏟아져 나오자 전화기를 가진 사람들은 모두 다 인터넷에 들어왔고 SNS를 비롯한 각종 앱에 열광하면서 하루 종일 인터넷에 접속되어 있게 되었다. 가지고 다니는 인터넷은 삶을 바꿔놓았다. 퇴근 후에도 업무에서 벗어날 수 없는 불편도 있지만 사무실을 벗어나도 어디에서나 업무를 처리하고 시간을 활용해 장도 보고 영화, TV도 보고 게임도 할 수 있다. 일정을 챙겨 주기도 하고 처음 가는 길도 주소만 대면 가르쳐 주고 외국어를 번역도 해주고 정보건 지식이건 모르는 것은 무엇이든 다 가르쳐 준다. 책도 보고 공부도 할 수 있다. 은행업무나 관공서의 업무나 대부분 스마트폰 안에서 볼 수 있다.

스마트폰은 건강관리에도 도움을 준다. 운동량을 기록해주고 혈압과 맥박수를 측정해서 알려주기도 한다. 기술이 더 발전해 원격진료가 가능해지면 스마트폰은 더 많은 기능을 하게 될 것이고 주머니 속의 주치의가 될 수도 있을 것이다.

이제는 모든 기기에 인터넷이 연결되어 사물인터넷 시대가 되었다. 사람과 기계가 모두 인터넷에 등록되고 직장일에서 거실 부엌일까지 모든 생활이 스마트폰 안에서 일어나고 SNS나 사회적 연결도 스마트폰 번호로 신원을 확인하는 것으로 바뀌었으니 주민등록 번호에 버금가는 중요한 숫자가 되었고 스마트폰을 잃어버리기라도 하면 직장에서나 집에서나 생활이 마비될 지경이다.

인터넷은 새로운 공간이지만 그 곳 주민들은 예전과 같은 사람들이어서 인터넷 안의 세상에서도 지상에서 하던 것과 똑같이 욕망과 이성이 교차하는 것을 볼 수 있다. 싸이처럼 하루 아침에 최고의 스타가 만들어지기도 하고 익명성을 십분 활용해서 악플로 상처를 주기도 하고 싸이버 왕따도 만드는가 하면 교묘한 거짓이 횡행하거나 환락과 도박의 온상을 만들기도 하고 게임중독 같은 신종 질병 환자를 양산하기도 한다. 반면에 오프라인에서보다 더 많은 사람들과 관계를 맺고 정보를 교환하면서 서로 돕기도 하고 수많은 사람들이 지식을 모아 위키디피아 같은 지식의 보고를 만들기도 하고 유명 대학들도 무료 강좌를 공개하면서 세상을 아름답게 바꾸려고 노력을 하기도 한다.

인터넷은 편리하고 강력한 기능을 가진 도구다. 그러나 그것을 유익하게 쓰는 것은 결국 쓰는 사람에게 달려있으니 잡스의 사과는 달콤할 수도 있고 떫고 독이 묻어 있을 수도 있는 오늘의 문화 코드이다.

욕망하는 방법

2002년 월드컵축구경기에서 우리나라 축구대표팀의 마지막 경기가 열렸을 때 붉은 악마들은 '꿈은 이루어진다.'는 문구를 상암구장 스탠드에 펼쳐 보였다. 공은 둥글다지만 우리 대표팀이 월등한 실력을 가진 세계의 강호들을 차례로 꺾고 4강에 진출한 것은 아무도 예상할 수 없었던 정말 꿈같은 일이었다. 축구의 변방인 아시아에서 우리가 일본과 공동으로 월드컵을 유치한 것부터 놀라운 일인데 히딩크 감독의 지도 아래 새롭게 바뀐 대표팀이 선전에 선전을 거듭하여 전 국민이 축구팬이 되어 붉은 티셔츠를 입고 태극기를 흔들며 거리를 메우고 응원하게 만들었다.

사람들은 간절히 원하는 것은 반드시 이루어진다면서 꿈을 가지라고 그것도 황당한 꿈을 가지라고 말한다. 더 나아가 '불가능은 아무것도 아니다.' 라는 광고 카피도 있다. 긍정심리학에서는 할 수 있다고 생각하면 못 해낼 일이 없다고 하면서 인간 능력에 대한 무한 신뢰를 설파하고 있고 긍정적인 마음가짐을 가진 사람들이 성공할 확률이 더 높다는 것도 사실이다. 할 수 있다는 말은 팍팍한 현실에서 고민하는 사람들에게 격려가 되고 희망이 되기에 힐링이 필요한 오늘날 가슴에 와 닿는 처방전이 되고 있다.

어떤 일이 사람이 바라는 대로 이루어진다고 생각하는 것을 '마술적 사고'라고 하는데 좋은 일이건 나쁜 일이건 어떤 일이 일어나면 자기의 소망 때문에 그 일이 일어났다고 생각하는 것이다. 생각만으로는 아무 일도 일으킬 수 없다는 것을 성인이라면 다 알지만 무의식 깊은 곳에는 자기가 원하면 무엇이든 다 이루어질 것 같은 어린아이 같은 생각이 남아 있다. 남에게 심술궂은 생각을 하고 나서 실제로 좋지 않은 일이 일어나면 자기가 그런 생각을 한 것이 원인이 된 것처럼 미안해지는 것도 마술적 사고에서 나오는 것이다. 목표를 달성했을 때도 그렇지만 특히 실패했을 때 다른 원인들에 우선해서 단지 긍정적인 마음가짐이 부족한 것을 주원인으로 생각하는 것은 현실을 외면하게 만들 우려가 있다. 소망을 이루려면 긍정적인 마음가짐만으로는 부족하고 이성의 도움이 필요하다. 배를 만들어 바다를 건너고 비행기를 만들어 하늘을 날아가는 것은 다 이성의 도움으로 이루어낸 일이다. 월드컵에서 히딩크 감독이 우리 대표팀을 4강에 올려놓은 것도 국민적 열망 위에 과학적인 훈련방법과 상대에 알맞는 전술을 구사한 결과로 이루어진 것이다.

사람은 욕망을 갖는 존재다. 할 수 있다는 말은 잠든 욕망을 일깨우고 부추겨 사람을 꿈꾸게 한다. 사람들은 그것을 이루기 위해 여러 가지 도구들을 만들어 세상을 바꿔 왔다. 필요가 발명의 어머니라면 욕망은 필요의 어머니인 것이다.

　임상에서 욕망하기를 멈춘 사람들을 만날 때가 있다. 병으로 욕망이 말라버린 사람들도 있고 세파에 시달리다 욕망하는 자체를 두려워하고 기피하는 사람들도 있다. 세상과 단절하고 자기만의 세계에서 나오지 않는다. 어떤 유혹도 시들어 버린 그들의 욕망을 깨우기에는 부족하다. 두려움을 이기고 욕망이 생기를 되찾을 때까지 지루하고 길고 긴 치료시간을 견뎌내야 변화를 기대할 수 있다.
　욕망을 깨우는 것 다음으로는 욕망하는 방법을 아는 것이 중요하다. 벌거벗은 욕망은 사람을 흥분시켜 눈을 멀게 해 탐욕과 시샘으로 다툼을 일으키고 위험에 빠뜨리기에 욕망이 마음대로 하게 두어서는 안 되는 것이다. 달리는 자동차에 브레이크가 있어야 안전하듯이 그칠 줄 알아야 욕망해도 위태로워지지 않는다. 다행히 사람에게는 이성과 부끄러움 그리고 죄책감이 있어 욕망에 옷을 입히고 때에 맞춰 그칠 줄 안다.
　사과 다섯 개로 비유 하였듯이 자아는 이성과 부끄러움, 죄책감을 벼리어 욕망의 바다를 건너 우리가 꿈꾸는 새로운 세상을 향하여 가고 있다.

6
품위 있는 사회

남을 아는 것을 지식이라 하고 스스로를 아는 것을 현명이라 하며
남을 이기는 사람은 힘이 있다고 하고 자기 자신을 이기는 사람은
강하다고 하며 만족할 줄 아는 사람은 넉넉하며 끝까지 버티며 힘
들여 실천할 수 있는 사람은 뜻이 있다고 하며 제자리를 잃지 않
는 사람은 장구하며 죽어도 잊혀지지 않는 사람은 영구하다.

- 도덕경 33장

내가 존중받고 싶다면 상대도 그만큼 존중해야
모멸사회가 아니라 품위 있는 사회가 되리라고 믿는다.

힐링

　몇년 전 힐링이라는 말이 우리 사회의 키워드 중 하나가 되었던 적이 있다. 서점의 베스트셀러 코너를 힐링에세이가 점령하고 교외에는 힐링센터, 힐링숲이 들어섰고 마트에도 여러 가지 힐링푸드가 인기를 끌었다. 방송에도 힐링캠프를 비롯해서 힐링을 주제로 하는 프로그램들이 늘어났다. 힐링이 키워드가 된 것은 점점 더 각박해지는 세상에서 상처를 받는 사람들이 많아진 탓일 것이다.

　요즘은 힐링이라는 말은 줄어들었지만 힐링의 필요성은 더 절실해진 것 같다. 계속되는 경기침체와 저성장으로 실패하는 사람들이 많고 젊은이들은 마땅한 일자리를 찾지 못하고 은퇴한 노인들도 불안정한 여생을 우려하고 있다. 게다가 전망조차 밝지 않다. 천진스럽게 뛰놀아야 할 아이들도 여전히 공부에 짓눌리고 왕따와 폭력에 오염되어 상처받고 있다. 주고 받는 말들은 더 거칠어지고 악플로 상처를 받는 일도 일상적이 되었다.

　상처에는 치유가 필요하고 그 시작은 눈물과 위로다. 상처를 받았을 때 눈물을 흘리고 나면 후련해지는 경험은 누구나 해보았을 것이다. 그러나 사회는 성인의 눈물을 높이 평가하지 않아서 울고 싶을 때 마음 놓고 눈물을 흘릴 수 있는 곳이 거의 없다. 슬픔은 울어서 눈물에 떠내려 보내야 하는데 눈물조차 흘릴 수 없을 때는 더 고통스럽다.

누구나 상처를 받으면 위로를 받고 싶어하고 가까운 사람들에게 상처를 드러내고 싶어한다. 듣는 사람들이 위로의 말로 다독여 주기를 기대하는 것이다. 괴로움을 호소하면 같이 아파하며 바라보던 엄마의 눈빛, 친구의 따뜻한 말 한 마디가 얼마나 마음을 누그러뜨려 주었던가. 위로를 받고는 싶지만 정작 남에게 상처를 드러내는 것이 그리 쉬운 일은 아니다. 드러내기만 하면 그 자체만으로도 치유에 도움이 되는 줄 알면서도 그럴 용기를 내지 못하는 사람들이 많다.

웃음도 상처를 치유하는 한 가지 방법이 된다. 마음이 답답할 때 우스운 이야기를 듣고 웃음이 터져 나오면 잠시나마 시원해질 때가 있다. 고통을 잠시 잊게 해주기도 하고 웃음 그 자체로 치유의 효능이 있기 때문이다. 그러니 마음이 아프더라도 웃어야 한다. 다만 남을 비하하고 조롱하며 웃지는 말아야 한다. 그런 웃음은 힐링이 아니라 새로운 상처를 만들 뿐이고 따라 웃으면서도 뒷맛이 개운치 않다.

남의 고통을 보면서 가슴 아파할 때에도 치유가 일어난다. 고통을 겪는 다른 사람을 보면서 혼자만 고통을 겪는 것이 아니라고 안심하는 것에 그치지 않고 그 고통에 공감할 때 카타르시스가 일어난다. 뇌에 있는 거울뉴런이라는 신경세포들이 마치 자기의 경험처럼 느끼게 해주기 때문이다. 그래서 방송에 나와 상처를 드러내는 출연자와 그 프로그램을 보는 시청자가 힐링을 나눌 수 있게 된다. 대중을 위한 프로그램에서 유명인사가 부끄러움을 이기고 자기 상처를 솔직하게 드러내는 데에는 한계가 있을 수 밖에 없을 것이다. 그렇더라도 공감할 수 있는 상처가 없거나 드러내지 않는 출연자가 나올 때 시청자는 비범한 업적을 낸 위인이나 덕망이 높은 성인을 만나게 되고 본받아야 할 롤 모델을 볼 뿐 힐링은 일어나지 않는다.

힐링에 이르는 가장 중요한 방법 중 하나가 명상이다. 요가 참선 기공 등등 여러 가지를 명상이라는 이름으로 부른다. 명상을 하면 뇌파가 알파파로 바뀌고 몸의 긴장이 풀어진다. 호흡에 집중하거나 화두에 전념하거나 방법은 조금씩 다르지만 번잡한 일상을 내려놓고 마음을 비우는 것은 공통적이다. 마음이 한가로워지면 고통은 가벼워지고 상처에는 새 살이 돋는다.

상처가 심하면 스스로 고치기 어려울 수 있다. 그래서 심각한 재해가 일어났을 때 정부가 주도해서 정신과 치료를 제공하는 것이다. 세월호 사고가 났을 때도 정신과의사회가 정부와 협조해서 치료에 나섰었다. 환경이 바뀌면, 스트레스가 없어지면 나으리라고 막연히 기대하면서 고통을 감수하다가 병이 깊어진 다음에야 치료를 받으러 오는 사람들이 많지만 상처는 부정하고 외면한다고 사람을 놓아주지 않는다. 겉으로는 회복된 듯이 보일 때조차도 아물지 않은 상처는 수면 밑에서 사람의 마음을 지배한다. 혼자서 할 수 있는 힐링에 매

달려 치료를 미루면 상처가 치유되지 않고 덧나기 쉽다. 더욱이 오래
동안 눈물이 마르지 않고 위로가 소용이 없으면 전문적 치료를 서둘
려야 할 때다.

크던 작던 마음의 상처를 치유하는 것이 정신과의사가 하는 일이
다.

용서란 멋진 일이다

용서란 멋진 일이다. 얼마 전 폐지 줍는 노인이 끌고 가던 수레가 벤트리 자동차를 긁었을 때 차 주인이 피해보상을 요구하지 않고 선선히 보내 주었다는 기사를 보고 들었던 생각이다. 고급차 수리비가 적지 아니들 텐데 폐지를 주워 살아가는 노인에게 피해보상을 요구해 봤자 별 소용도 없을 테지만 이런 무조건적인 용서라면 언제나 칭찬받을 만하다.

용서는 피해자가 가해자에게 보복하지 않겠다는, 적대행위를 하지 않겠다는 의사표명이다. '용서합니다'라는 말로 분쟁 당사자들 사이에 갈등이 종식되고 평화를 되찾는 방법이니 좋은 일이지만 용서가 일어나는 상황은 매우 복잡해서 때로는 개운치 않을 때도 있다. 피해자가 약자여서 가해자의 겁박에 눌려 억지로 용서할 때가 그렇다. 사과라고 하는 말이 변명인지 사과인지 구별이 안 될 때도 있고 사과의 말임은 분명하지만 입에 발린 말일 때도 있는데 이런 상황에서는 용서가 아니라 오히려 포기나 투항에 가깝다고 할 것이다. 겉으로는 갈등이 해소되었지만 마음 속에는 적개심이 더 활활 불타오르게 되기 쉽다. 피해를 빌미로 과도한 요구를 하면서 가해자를 압박하는 일도 드물지 않은데 이렇게 되면 피해자와 가해자가 뒤바뀌는 이상한 일이 벌어진다. 나아가서는 서로 가해와 피해를 주고 받아서 시간이 갈수록 누가 가해자고 누가 피해자인지조차 구별할 수 없는 경우가 되면 누가 누구에게 사과해야 할지 알 수 없게 된다.

용서가 없다면 남의 잘못을 포용할 수 없게 되고 인정이라고는 없는 팍팍한 세상이 될 것이다. 잘못을 인정하지 않고 '법대로 하세요' 하면서 처벌을 받는다고 해도 여기에는 용서가 없어 둘의 관계는 변함없이 가해자와 피해자로 남는다. 처벌이 중요한 것이 아니라 잘못을 인정하고 진심으로 사과하고 피해를 보상했을 때에만 진정한 용서가 성립된다고 할 수 있다. 보상할 수 없는 일이거나 보상할 능력이 되지 않더라도 충분히 반성하고 진심에서 우러난 사과를 한다면 피해자의 마음을 움직일 수도 있다. 용서를 통해서만 파열음을 내던 관계가 회복될 수 있는 것이다.

갈등이 오래 계속되는 것은 어느 모로나 너무 소모적이고 바람직하지 않아서 사람들은 그만 용서하고 잊으라는 말을 잘 한다. 그러나 이것은 잘못된 말이다. 이런 경우라면 용서는 포장일 뿐 실체는 포기다. 와신상담은 아버지를 죽인 원한을 잊지 않기 위하여 푹신한 침대 대신 장작더미 위에서 자며 구천에게 원수를 갚은 부차, 느슨해지는 마음을 다잡으려고 20년을 쓰디쓴 쓸개를 핥으면서 기다려 부차에게 복수한 구천의 고사를 이름이다. 포기하지 않았기에 반전의 기회를 잡을 수 있었던 것이다. 부차나 구천처럼 오래 견딜 힘이 없어 포기하는 것은 가슴 아픈 일이다. 그렇지만 살면서 할 일은 많고 엄청 분하고 화가 난다 해도 다른 일은 다 젖혀놓고 오래오래 매달릴 만큼 큰 일은 드물다. 포기해야 할 때는 빨리 포기하는 것이 현명한 결단일 수도 있다.

중요한 것은 설령 이길 수 없어 포기하더라도 절대로 잊어서는 안 된다는 것이다. 잊으면 면죄부만 주는 것이 아니라 또 다시 같은 함정에 빠지게 되고 역사가 되풀이되기에 용서하되 잊지 말아야 한다. 잊는 것은 용서가 될 수 없고 용서를 빙자한 회피일 뿐이다. 잊기는 쉽고 용서하기는 어렵다.

동서고금을 막론하고 나에게는 엄격하게, 남에게는 관대하게 하라고 가르친다. 일곱 번씩 일흔 번이라도 용서하라는 예수님 말씀도 있다. 세상에 이렇게 하는 사람은 드물고 거꾸로 자기와 자기 친구들에게는 관대하고 남에게는 조그만 흠도 용납하지 않는 사람들이 더 많다. 성경에 나오는 못된 종처럼 저는 주인에게 빚을 탕감 받고서도 제가 받을 빚은 혹독하게 독촉하는 것이다. 이런 사람들은 용서 받을 자격이 없고 제 빚을 탕감 받은 것처럼 자기가 받을 빚도 탕감해주는 사람이라야 용서 받을 자격이 있다.

한 번 남을 용서해주었다고 세상이 바뀌지 않는다. 빗방울 하나가 강을 만들 수는 없지만 그렇게 하는 사람들이 늘어나면 세상에 용서가 강물처럼 흐르게 되고 세상은 살만한 곳이 된다. 용서는 아름답고 멋진 일이다.

흰머리

　머리가 너무 길었다는 말을 듣고 커트를 하러 갔다. 이런 저런 모임을 핑계로 차일피일 미루다가 기어이 흉하다는 말을 듣고서야 머리손질을 하는 것이다. 커트를 하고 나니 덥수룩하던 머리가 짧아져 기분이 개운해져 좋다. 그런데 머리가 길 때는 느끼지 못 했는데 짧아지니 거울에 비친 머리가 마치 서리가 내린 풀밭처럼 보인다. 어느새 흰머리가 많이도 늘었구나 생각이 든다. 아직 물들이지 않고 검은 머리가 남아있는 것만도 고마운 일이긴 하지만.

　흰머리는 노인의 상징이다. 누구나 늙기 싫어하고 영원히 젊게 남아있기를 바란다. 얼굴의 주름과 흰머리로 젊음에서 멀어져 가는 것을 드러내기 싫어 주름을 없애는 화장품을 바르고 머리카락을 검게 염색한다. 성형수술도 마다하지 않는다. 마치 주름만 없으면, 머리만 검으면 젊음은 그 자리에 머물러 있을 것으로 생각하는 것 같다. 차림새도 청바지에 운동화 야구 모자까지 젊은이들의 모습 그대로다. 젊음은 소중하고 나이가 들어도 젊게 살아야 하지만 외모만 가꾸어서 되는 일이 아니다.

곧 노령사회에 들어섰다더니 어디를 가나 노인들이 눈에 띈다. 정부는 출산율은 줄고 노인 인구는 늘어 머지않아 젊은이 하나가 노인 서넛을 부양해야 하는 상황이 온다는 우울한 전망을 내놓고 있다. 해결책은 생산가능 인구, 일하는 사람 수를 늘리는 것인데 출산을 늘리는 방법은 현실적으로 어려움이 많고 늘어난다고 해도 신생아가 성장하는 데에 필요한 시간이 길어서 정년을 연장하는 방안을 유력하게 검토하는 것 같다. 우리보다 앞서 노인 문제를 고심하고 있는 일본은 정년을 무려 75세로 연장하려고 한다는 보도가 있었다. 요즘은 체력이 예전과 비교하면 열 살 넘게 젊어졌고 계속 일하고 싶어 하는 사람들이 늘어났으니 좋은 방향인 것 같다.

일을 계속하려면 체력도 유지해야 하지만 정신도 젊게 유지해야 한다. 나이가 많아지면 흰머리만 늘어나는 게 아니라 눈도 침침해지고 기억력도 내리막으로 들어선다. 대화하다가 전에는 애쓰지 않아도 술술 나오던 단어가 떠오르지 않아 고심할 때가 생긴다. 자주 만나는 사람들끼리는 조금 틀리게 말해도 알아듣고 같이 웃기도 한다. 무엇을 외우는 것도 젊어서 같이 쉽지 않아 금방 외운 것이 무엇이었는지 생각이 나지 않을 때가 있고 외우려면 몇 번을 되풀이해야 할 때가 많다. 그래도 무엇이든 기억하려고 노력해야 한다. 기억력도 근육과 같이 자꾸 쓰면 발달하고 오래 유지되기 때문이다.

인지능력은 젊어서 같지 않지만 뇌는 치매가 오기 전까지는 계속 발달한다. 통합하고 판단하는 능력이 더 원숙해지는 것이다. 패기와 박력은 젊음의 특권이지만 경험과 지혜는 연륜을 따라오기 어렵다.

몇 해 전에 인턴이라는 영화가 있었다. 은퇴한 노인 로버트 드니로가 인턴으로 취업해서 젊은 경영자인 앤 해서웨이가 어려움을 헤쳐 나가도록 돕는 이야기였다. 내 머릿속에는 넘치지도 모자라지도 않게 도움을 주며 젊은 세대와 함께 살아가는 기품 있는 노인의 모습을 보여준 영화로 남아있다. 현실 속의 노인들은 영화 속의 로버트 드니로보다 더 적극적이고 활동적이다. 전문직에 있던 사람들은 정년퇴임 후에는 자리를 옮겨 하던 일을 계속 하고 반세기 전에도 유명 교수요, 인기 저자였던 김형석 교수 같은 분은 구십이 넘은 지금도 강연을 하고 신문에 '100세 일기'를 연재도 하고 있다. 정년이 없는 자영업을 하던 사람들은 은퇴할 생각을 하지 않는다. 로버트 드니로처럼 인턴을 하고 재취업에 성공한 사람들도 있다. 퇴직한 사람들이 인생 이모작이라며 새로운 할일을 찾는 것은 익숙한 모습이 되었고 그들을 돕는 것이 새로운 산업이 되고 있다.

수명이 길어지고 신체의 노화가 늦어지니 나이가 많아져도 정원 가꾸기, 낚시, 여행 같은 취미생활을 하면서 유유자적 하는 은퇴생활은 젊어진 노인들과는 맞지 않게 되었다. 이제는 은퇴를 미루고 더 오랫동안 일하면서 부양해야 할 노인들의 수가 늘어나 어깨가 무거워진 젊은이들의 어려움도 덜어주고 자기도 건강하고 활기찬 노후를 보내고 싶어 한다. 경제가 좋아져 청년들의 일자리도 더 늘어나고 더 많은 노인들이 원하는 대로 일을 계속할 수 있게 되기를 바란다. 청년들과 노인들이 서로 도우며 함께 살 수 있게 되면 주름살과 흰머리가 존경의 상징이고 훈장이 되지 않을까 한다.

청첩장

C씨가 오랜 만에 찾아왔다. 한 동안 소식이 없어 궁금했는데 밝은 얼굴로 들어오는 것을 보니 필시 좋은 소식이 있을 것 같아 내심 기대가 되었다. 아니나 다를까 청첩장을 꺼내 놓으면서 결혼을 하게 되었다고 기쁨에 들떠 감사의 인사를 한다.

나도 기쁘다. 얼마나 기다리던 소식인가. 이 날을 기다리며 지난 몇 해 동안 나눈 셀 수 없이 많은 대화들이, 그 장면들이 비디오테이프를 보는 것처럼 되살아났다.

그가 처음에 나를 찾아온 것은 결혼을 하고 싶은데 마음대로 되지 않아서였다. 그는 기계처럼 정확하고 책임감이 강해서 맡은 일을 틀림없이 잘 해냈고 일에는 엄격하면서도 인간관계가 좋아 회사에서 평판이 좋은 사람이었다. 그렇지만 사랑은 바라는 대로 되지 않아 결혼을 하지 못 하고 있어서 돌파구를 찾으려고 나를 찾아온 것이었다.

처음에 나는 그가 왜 아직 독신으로 지내고 있는지 궁금했다. 그가 서투르더라도 이런 남자에게 접근하는 여자가 없었을까 이해할 수 없었는데 몇 번 대화를 하고 나니 곧 이유를 알 수 있었다. 그는 착하고 순수한 사람이었고 그에게 다가온 여자들 몇이 그에게 깊은 상처를 주었기 때문이었다. 심지어는 스토킹하며 괴롭혀 견디다 못해 직장까지 그만두어야 했던 적도 있었다. 그래서 결혼정보회사에도 회원으로 가입은 했지만 소개를 받으면 한 번이나 두 번 만나고서는 여자에 대한 혐오감과 두려움을 이기지 못하고 그럴 듯한 이유를 대면서 거절하곤 했다. 나와 치료를 하는 중에도 마찬가지였다. 여자를 두려워하면서 결혼에 성공한다는 것은 기대하기 어려운 일이니까 이 상황에서는 마음의 상처를 치료하는 게 우선이었다.

치료는 우여곡절이 많았다. 상처가 조금 아물 만하면 새로운 일이 생겨 또다시 상처가 덧났다. 그가 사랑할 준비가 조금씩 되어 가고 있을 때 만났던 여자와의 일도 그랬다. 긴 망설임 끝에 좋은 여자라는 판단이 서서 집안에 소개했는데 어머니와 가족들은 궁합이 좋지 않다고 반대했다. 가족들을 설득하려고 다른 점쟁이를 만나보았지만 한술 더 떠서 이 결혼을 하면 죽는다고까지 극언을 해서 혼사는 무산되었다. 노총각은 어떻게 하라고 가족들까지 나서서 이러는지 가슴이 답답했다. 그 점쟁이는 좋은 색시감이 나올 날도 알려주면서 병 주고 약 주고 했는데 그 날자가 지나도 좋은 여자는 감감 무소식이었다. 이후에도 계속 여자를 소개받았지만 그의 관심을 끌 만한 여자는 거의 없었다.

오랜 시간 후 그는 더 준비가 되었고 새로운 여성을 만났다. 이번에도 그는 족집게처럼 못마땅한 점들을 무더기로 찾아냈지만 이 여성은 그가 말을 하면 자기주장을 하면서 대립하지 않고 최대한 고쳐 나갔다. 희망이 보였다. 노모가 앓아누우면서 치료는 중단되었지만 나는 그가 이번에는 잘 해내리라고 기대하고 성원을 보내고 있었다. 그가 불만을 하면서도 사랑에 빠진 남자의 모습도 몇 차례 보였기 때문이다.

나는 정신을 차리고 새신랑에게 축하의 말과 함께 그에게 도움이 될 만한 결혼생활의 팁을 선물했다. 신부가 그가 싫어하는 일들을 고치려고 노력했듯이 남편도 아내가 싫어하는 일을 하지 말라는 것이다.

좋아하는 일을 하라고 권하지 않고 싫어하는 일을 하지 말라고 하는 이유가 무엇인가? 상대가 좋아하는 일을 찾아내서 해야 사랑이 커지지 싫은 일을 하지 않는 것은 소극적인 방법이 아닐까 생각하는 사람들이 많다. 좋아하는 일을 하면 사랑이 커지는 것은 물론이지만 싫어하는 일을 하면 애써 좋아하는 일을 하면서 노력한 보람이 없어진다는 것을 알아야 한다. 열 번 잘하다가 한 번 잘못하면 공이 다 없어진다는 속담을 상기해보면 이해가 될 것이다. 사랑의 폭풍 속에 있을 때는 모든 것이 용서되지만 배우자가 싫어하는 일을 계속하면 사랑의 폭풍은 잠잠해지고 그 자리에 불화와 미움이 들어서게 된다. 결혼하면 오래 같이 살아야 하는데 배우자가 싫다는 일을 군이 계속해서 불화의 씨를 뿌릴 이유가 있겠는가. 그러니 좋아하는 일을 하는 것이상으로 싫어하는 일을 하지 않는 것이 중요하다. 집안의 평화를 유지하는 필요조건이기 때문이다.

그러나 싫어하는 일을 삼가는 것의 중요성을 실감하는 사람도 드물고 실천하기는 더 어렵다. 자기 생각에는 이해하기 어려울 경우에도 상대를 있는 그대로 받아주는 것은 큰 사랑이 없으면 할 수 없는 일인 까닭이다.

그는 신부와 연애를 하면서 이런 이치를 실감하고 있었기에 긴 설명이 필요 없었다. 고개를 끄덕이고 돌아가는 그를 배웅하면서 행복하기를 빌었다.

호돌이

아침신문 북스코너에 '조선의 생태환경사'라는 책에 호랑이가 멸종된 이야기가 나왔다. 조선 초기에만 해도 호환을 걱정했는데 어쩌다가 다 사라지고 동물원에는 수입한 시베리아 호랑이가 앉아 있게 되었을까? 궁금하게 여기던 일이었다.

우리에게 호랑이는 산 속의 맹수일 뿐 아니라 이야기에 자주 등장하는 친숙한 동물이 아닌가. 어린 아이에게 들려주는 옛날이야기는 '옛날 옛적에 호랑이 담배 먹던 시절에…'로 시작하는 것이 많다. 단군신화에서는 곰보다 참을성이 없어 사람이 되지 못한 동물이었고 해와 달이 된 오누이 이야기에서는 엄마를 괴롭히다가 끝내는 잡아먹고 오누이까지 해치려다가 자기 목숨을 잃는 무서운 짐승이 되기도 한다. 그런가 하면 어머니 병구완에 바쁜 효자를 태워다 주었다는 등 사람을 도와주기도 하고 연암의 호질문에서는 도덕을 지키지 않는 선비를 훈계하는 산 속의 왕의 모습을 보이기도 한다.

기사에는 조선 초기에 한반도에 살던 호랑이의 수효를 4천에서 6천 마리 사이로 추산하였다. 호랑이에 의한 인명피해가 심하여 태종은 "이제부터 한 사람이라도 호랑이 때문에 상하는 백성이 있다면 너희에게 죄를 묻겠다."고 지방 수령들에게 호통을 치고 호랑이 잡는 전문군사를 두었다고 한다. 호랑이와 표범의 가죽을 진상하게 하다가 점차 호랑이의 수가 줄어 영조가 진상을 폐지하였다고 한다. 20세기 초에는 20 마리 정도로 줄어든 것으로 추정하였다. 호랑이가 줄어든 원인은 뜻밖에도 적극적인 포획보다 서식지가 줄어들었기 때문이라고 설명한다. 문익점이 목화씨를 가져 온 후로 밭이 늘어나 숲이 우거져 있던 산 위까지 경작지가 되어 야생동물이 살아갈 수 없는 환경으로 바뀌었다는 것이다. 화전민이 맹수의 위협에 떨며 살아간다고 생각하고 있었는데 다른 한편으로는 화전민이 먹이사슬을 끊어 숲의 생명체들을 몰아내고 멸종으로 끌어간다고 생각하면 사람과 야생동물이 서로 위협하며 사는 셈이다.

하라리 교수의 '사피엔스'에 보면 인류가 도착한 후로 호주에서는 체중 50키로 이상의 동물 24종 중에 23종이 멸종되었고 뉴질랜드에서는 대형동물 대부분이, 조류도 60%가 멸종되었고 북미에서 47속 중 34속이 사라졌고 남미에서는 60속 중 50속이 사라졌다. 7만 년 전에는 지구에 45킬로 이상의 동물 200속 서식했으나 1만2천 년 전 즈음에는 100속으로 줄어들었다고 한다. 과거 생물들의 멸종을 기후변화에 의한 것이라고만 생각할 수 없고 인류에게 책임을 묻지 않을 수 없는 일이라고 한다.

지금 서해에서 중국 어선들이 저인망으로 바다 밑까지 훑어 고등어, 조기, 갈치 같이 흔하던 물고기들이 씨가 마르고 있듯이 인류는 왕성한 식욕으로 무분별한 사냥을 하였을 뿐만 아니라 생물들의 서식지를 파괴하였다. 산을 깎아 길을 내고 숲을 태워 도시를 만들고 바다를 메워 농사도 짓고 공장도 세우면서 자연을 마음대로 바꿨고 거기에 살던 생명체들은 살 곳을 잃고 사라져 갔다. 이런 생각을 하면 산을 뚫고 달리는 고속도로가 도시들을 가깝게 만들었다고 기뻐하고 바다를 막아 만든 간척지에 감탄만 하고 있을 수 없다.

먹이사슬은 생태계 전체가 연결되어 있어서 한 단계에 변화가 생기면 연쇄적으로 다른 생명체들에게 변화가 따라온다. 비근한 예로 사냥을 금지한 후로 멧돼지의 개체 수가 급격히 늘어나 가끔 마을까지 내려와 농작물에 피해를 주고 있다. 상위 포식자가 되는 맹수나 사냥꾼 같은 천적이 없어져 개체 수는 늘어났는데 먹이는 늘어나지 않았기 때문이다. 사람들이 의식하지 못하는 사이에 환경이 파괴되면 다른 생명체들에게 부담을 줄 뿐만 아니라 곧 우리에게 돌아온다. 지구 온난화 때문에 온 세계에 기상이변이 생긴다든지 대기층 밖을 감싸고 있는 오존층에 구멍이 생긴다든지 하는 일들이 모두 환경파괴에서 오는 재앙들이다.

환경보호를 외치는 단체들은 터널을 뚫으면 도롱뇽 서식지가 망가진다고 반대하고 케이블카를 설치하는 것도 자연이 훼손된다고 반대하지만 기하급수적으로 늘어난 인구가 살아가려면 무작정 자연을 보호만 할 수는 없는 것이 현실이다. 다만 훼손을 줄이기 위해 개발을 하기 전 환경영향평가를 철저히 해서 자연훼손과 불가피한 개발 사이에 균형을 맞추고 훼손된 자연을 회복시키려는 노력도 게을리 하지 말아야겠다. 개체 수가 현저히 줄어든 종은 포획을 엄격히 금지하고, 지리산 반달곰을 개체 수를 늘려 방사하듯이 지금 우리가 하고 있는 노력을 더 적극적으로 더 많은 종들을 위해서 해야 할 것이다.

인왕산 호랑이는 사라지고 88올림픽 마스코트가 되어 호돌이만 우리 곁에 남아 있다. 호랑이가 인왕산에서 살기를 바라지는 않지만 호랑이가 살 곳도 어디엔가 남겨지기를 바란다. 지금도 우리가 환경에 어떤 부담을 주고 있는지 알 수 없지만 욕망을 앞세워 부메랑이 되어 돌아오는 환경의 보복을 받기 전에 최소한 자연과 함께 살아간다는 마음만은 잊지 말아야겠다.

품위 있는 사회

한 청년이 와서 분을 참기가 어려우니 좀 진정할 수 있게 해달라고 한다. 수습을 마친지 며칠 되지 않은 신입사원이어서 바짝 긴장을 하고 있는데 대리가 자기가 결재를 올린 서류를 꺼내들고 다시 하라면서 발기발기 찢었다고 한다. 얼굴이 붉으락푸르락 하면서 이야기하는 모습이 딱해 보인다. 이야기를 들으면서 어떤 사정이 있었는지 모르지만 굳이 그렇게까지 할 필요가 있었을까 싶었다. 신입사원이 잘 못 했으면 한 번 더 가르쳐야지 모욕을 준다고 해결될 것 같지 않아서다.

요즘은 남을 망신시키고 모욕을 주는 일이 일상이고 재미가 되었다. 아예 그러려니 하고 넘어가지만 모멸감을 느낄 만한 말들을 아무렇지도 않게 주고 받는 것을 보고 있으려면 마음이 개운치 않다. 인터넷에서는 더 심한 악플이 넘쳐난다. 이름이 드러나지 않는다고 할 말 못할 말 가리지 않고 상대가 모멸감을 심하게 느낄수록 더 쾌감을 느끼는지 수위를 있는 대로 높인다. 가장 바람직하지 못한 것은 모멸적인 말로 대화를 끝내버리는 경우다. 상대가 대답을 못 하면 이겼다고 생각하는지 몰라도 상대는 승복하고 받아들이기는커녕 적개심까지 보태게 되니 실패한 대화다. 마음을 얻어야지 말로만 이기면 다 되는 것이 아니다.

며칠 전에 정신과의사들과 심리학자들을 인터뷰해서 쓴 기사를 보았다. '모멸사회'라는 단어가 눈에 들어와 읽어보니 심한 경쟁과 불공정한 사회를 모멸감의 원인으로 지목하고 있었다. 경쟁에 지치고 불공정한 결과에 좌절해 참지 못하고 분노가 폭발하는 것이라는 설명이다. 덧붙여 분노의 출구를 만들어 주지 않고 참으라고만 가르친다고 꼬집었다. 소통을 해야 분노를 다스릴 수 있다고도 했다.

지치고 좌절했다는 데에 동감한다. 전후좌우 어디를 둘러봐도 답답하고 불확실할 뿐이다. 남녀노소를 막론하고 편안한 사람들이 줄어들고 예민해진 사람들이 늘었다. 분노가 폭발하기 쉬운 환경이 만들어진 것이다.

이 상황은 사회적 문제이기도 하지만 개인으로서는 분노를 다스리는 능력이 더 절실하게 필요한 상황이다. 분노는 참아도 탈, 터트려 풀어도 탈이다. 참기만 하면 병이 되고 터트리면 부메랑이 되어 돌아오는데 되로 주고 말로 받기 십상이다. 그러니 참으라고 가르쳐도 안 되고 풀라고 가르쳐도 안 된다. 보통은 말이 통하는 상대와 소통하면서 풀거나 운동을 하는 것이 도움이 된다. 다른 일을 하면서 주의를 분산시키는 것도 방법이 된다. 그래도 잘 안 되거나 자주 분노하게 된다면 정신과의사를 만나보는 것이 좋다. 신속하게 진정할 수 있는 약을 처방 받을 수도 있고 오래 상담을 하면 화를 삭이고 생각이 바뀌어 스트레스를 잘 견딜 수도 있다.

하나 덧붙이고 싶다. 모멸감은 폭발을 일으키는 뇌관이 된다는 점이다. 인천 화장실에서 편의점 여종업원을 폭행해서 중상을 입힌 범인도 나를 무시하는 것 같아서 우발적으로 범행을 했다고 말했다. 연전에 최전방에 근무하던 병사가 동료들에게 총격을 가했던 사건도 그를 멸시하고 모욕했기에 일어났다. 이런 뉴스를 수없이 보면서도 자기와는 관계가 없다는 듯이 모욕에서 시작되는 분란이 끊이지 않고 일어난다. 앞의 청년의 경우도 모멸감을 느끼지 않았다면 병원에까지 찾아오지는 않았을 것이다.

우리는 전통적으로 체면을 중시하는 사회에서 살아왔다. 체면을 지키지 못하면 위신이 서지 않고 존경을 받기 어려워진다. 이미지가 나빠지고 카리스마가 없어지는 것이다. 사람을 책망할 때도 그 사람의 체면을 고려해야 반발을 줄일 수 있다. 하고 싶은 대로 다 하면 당장은 속이 시원할지 몰라도 상대방은 모멸감에 불타게 된다. 모욕해서 분이 풀리는 것이 아니라 상대를 자극해서 악순환이 시작되고 더 큰 스트레스로 돌아온다. 악순환을 막는 방법이 소통이다. 분노도 모욕도 애초에 소통이 부족했기에 일어나는 경우가 많다. 서로 원활하게 소통이 되고 있었다면 사람에게 분풀이를 할 일도, 화낼 일도, 모욕을 주고받을 일도 줄어들었을 것이다.

요즘은 체면이라는 말보다 자존심이라는 말을 많이 듣는다. 수치심 문화 안에 살아 자존심이 상하는 것을 제일 싫어하면서 남의 자존심은 조금도 배려하지 않는 것은 모순이다. 내가 존중받고 싶다면 상대도 그만큼 존중해야 모멸사회가 아니라 품위 있는 사회가 되리라고 믿는다.

그 아버지의 용서

지난 9월 말 한 병사가 진지 공사를 마치고 돌아오던 길에 사격훈련장에서 날아온 유탄에 맞아 숨진 사건이 발생하였다. 나라를 지키기 위해 입대한 청년이 교전 중에 적이 쏜 총탄이 아니라 아군이 사격훈련으로 발사한 유탄에 희생되었으니 안타까운 일이다.

군은 딱딱한 물체에 맞고 튕겨진 도비탄이라고 발표했다가 유족들의 반발을 받았고 수거된 총알에서 찌그러진 흔적이 발견되지 않자 표적에 맞지 않고 흘러나간 유탄이라고 정정하였다. 유족들이 반발한 이유는 도비탄이라면 총을 쏜 병사에게 책임을 물을 수 없기 때문이라는 설명을 붙인 기사들이 나왔다.

이런 설명을 보고 군에서 사망사고가 일어나면 군은 사태를 축소해 책임을 모면하기에 급급하고 분노로 가득 찬 부모가 부대를 뒤엎기라도 할 듯이 격렬한 항의를 하던 낯익은 장면이 연상되었다. 도비탄이라고 해야 군의 책임이 줄어들고 유탄이라고 해야 책임을 묻기 수월하다면 그럴 수 있는 일 같았다. 스물한 살이 되도록 잘 키운 건장한 아들이 곧 휴가를 나온다더니 갑자기 죽었다면 마른 하늘에 날

벼락이 아닐 수 없고 부모가 분노를 다스리고 이성적으로 행동하기는 쉽지 않을 것이었다.

그런데 이번에는 사뭇 다른 낯선 장면이 전개되었다. 보도에 의하면 피격된 길에 유탄흔적이 많이 있었다는데 죽은 병사의 아버지는 아들을 그렇게 위험한 죽음의 길로 인솔해간 지휘관을 원망하거나 책임을 묻지 않았다. 사병 월급을 올려 준다는데 그럴 돈이 있으면 유탄이 넘어가지 않게 방호벽을 먼저 고쳤어야 하지 않느냐고 비난하지도 않았다. 까딱하면 총알이 방호벽을 넘어 갈 수 있는데 조심하지 않고 총을 쏜 병사를 밝혀내 처벌하라고 요구하지도 않았다. 정반대로 "조사 결과 탄환을 어느 병사가 쐈는지 드러나더라도 알고 싶지 않고 알려주지도 말라"며 "총을 쏜 병사가 큰 자책감과 부담감을 안고 살아가는 것을 원하지 않고, 그 병사도 어떤 부모의 소중한 자식일 텐데 그분들께 아픔을 줘서는 안 된다고 생각한다."고 말했다는 것이다. 누군지 안다면 원망하지 않을 수 없다는 말도 했다니 자기 자신의 분노가 한 사람을 향하지 않도록 다스리면서 가해자까지 배려하는 참으로 어려운 일을 하였다.

문득 원수를 사랑하라는 말씀이 생각났다.

용서란 통상적으로 가해자의 사과와 피해복구를 전제로 하는 것인데 피해복구가 불가능한 상황에서 사과는커녕 가해자를 특정하지도 말라고 가해자와 그 부모가 겪을 고통을 배려한 것은 놀라운 일이다. 그가 '용서'라는 말을 하였는지 알 수 없으나 정의를 요구하며 철저한 조사와 처벌로 복수하는 대신 용서를 넘어 포용하고 배려한 것으로 생각할 수 있을 것이다. 정의는 사람이 추구해야 하는 최고의 가치이지만 입장에 따라 사람마다 우선순위가 달라 자칫하면 나는 정의고 너는 불의라 하며 서로 다투는 대립과 분열이 생길 수 있다. 현실에서는 정의는 항상 불완전하고 용서라는 보충재가 있어야 가치가 온전해진다. 정의의 이름으로 상대를 핍박만 하지 말고 나의 주장을 넘어 상대를 용서하고 포용하고 배려해야 공동체가 단결할 수 있는 것이다.

병사의 아버지의 희망대로 그에게는 알리지 않더라도 군부대는 철저하게 자체조사를 하여 다시는 유탄이 흘러나가 이런 비극적인 사고가 재발하지 않게 조치할 필요가 있다. 그것이 고귀한 생명이 희생된 데 대한 사과가 될 것이고 아버지의 넓은 도량을 기리는 길이라고 생각한다. 엘지 구본무 회장이 감동하여 그 아버지에게 의인상을 수여했다니 작은 위로가 되었기를 바라고 그를 본받는 사람들이 많아졌으면 한다.

자중자애

삶은 평탄하지 않다. 가쁜 숨을 몰아 쉬고 진땀을 흘리며 올라야 하는 가파른 오르막도 있고 상쾌한 바람에 콧노래를 흥얼거리며 걷는 평지도 있고 조심조심 걸어야 하는 내리막도 있다. 때로는 발을 헛디뎌 넘어지기도 하는데 보통 툭툭 털고 일어나지만 발목이 접질리기도 하고 큰 부상을 당해 치료를 받기도 한다.

다치거나 험한 길에 들어서면 남을 탓하는 편이 마음이 덜 괴롭다. 물론 잘못된 판단이나 정보를 제공한 사람이 있었을 수도 있지만 책임을 모면하려는 전략일 뿐 성인이라면 자기 책임이 전혀 없는 경우는 드물다. 그래도 내 잘못이라고 인정하면 자존심도 상하고 부끄러워 인정하기 싫다. 무의식은 의식이 이런 판단을 하기 전에 다른 사람에게 책임을 전가해서 마음의 불편을 피한다. 투사라고 부르는 자아의 방어기제를 작동시키는 것이다. 투사 위에 현실적인 손익 계산까지 더해져서 일이 잘 되면 공을 주장하는 사람들이 줄을 서고 잘못되면 모두 발뺌하고 아무 권한도 없던 제일 힘없는 하급자 하나 둘만 책임을 지는 것을 어디서나 볼 수 있다.

그러나 마음은 투사만 하고 있지는 않다. 자아를 지켜보면서 선을 긋고 그 선을 넘으면 호루라기를 부는 초자아가 있기 때문이다. 자아를 이상으로 이끌고 양심으로 단속하는 초자아는 자아가 바보같은 짓을 했거나 무언가 양심에 찔리는 일을 하면 가만히 두지 않는다. 투사하고 시치미 뚝 떼고 있는 자아에게 '정말 잘못한 것 없어? 네가 잘못했잖아' 하고 다그친다. 신발에 뭐가 들어가면 아무리 작은 것이더라도 걸음마다 발바닥을 찌르듯이 수시로 자아를 괴롭히면서 자학하고 자기를 비하하게 만든다. 신발 속에 든 돌을 빼내지 않으면 걷는 동안 내내 불편하다.

자학, 자기 비하만큼 견디기 힘든 일도 드물다. 더 이상 투사할 수도 변명할 수도 없어 추하거나 어리석거나 한심한 자기 모습을 마주할 수밖에 없어도 받아들이기는 어렵다. 이제 와서 자책해봐야 소용없다. 다른 사람들도 그런 일을 많이 겪는다고 위로를 해줘도 귀에 들어오지 않는다. 나는 그런 사람이 아니라고 믿고 살았으니까 낯선 내 모습을 용납할 수 없다. 자기비하가 심해지면 위축되어 용기를 잃고 아무 일도 할 수 없게 된다.

마음의 평화를 원한다면 투사가 아니라 자기를 용서할 줄 알아야 한다. 초자아의 질책을 견디지 못하면 자기평가는 땅에 떨어지고 위축되고 무기력해진다. 심하면 자기 자신을 공격대상으로 삼아 스스로 모욕하는 것을 넘어 자해를 하거나 더 극단적인 행동도 할 수 있다. 어처구니 없는 실수도 자기답지 않은 비열한 행동도 공격의 목표물로 삼을 것이 아니라 자기가 부족함을 인정하고 반성하고 다시는 일어나지 않게 새로 결의를 다져야 한다.

자기를 용서할 때는 순서에 조심해야 한다. 반성이 먼저고 용서가 뒤따라야 하는데 반성도 하지 않고 용서부터 하면 그것은 용서가 아니라 뻔뻔하고 낯 두꺼운 행동일 뿐이다. 부끄러움과 죄책감을 벗어나기에 바빠 말이 되지 않는 변명과 합리화로 실수나 잘못을 그냥 덮어 버리는 것은 초자아가 부패했을 때 잘 일어나는 치졸한 일이다. '내로남불'이라는 말도 부패한 초자아를 이르는 말이다. 남의 잘못은 침소봉대해서 추상같이 비판하지만 제 잘못은 최대한 미화하면서 모두가 비난해도 못 들은체 못 본 체하고 사람들이 잊기만 기다린다.

과오를 인정하고 부끄러운 자신의 모습에 비애를 느낀 다음에야 용서와 자기에 대한 사랑을 회복할 수 있다. 가혹하기만한 미숙한 초자아나 부패해 제 구실을 못 하는 초자아나 진정한 용서에 이르는데 도움이 되지 않는다. 성숙한 초자아만이 과오를 인정하고 반성하면서도 자기를 존중하고 아끼면서 자기를 용서할 수 있다.

성숙한 초자아가 이렇게 할 수 있는 것은 자긍심을 유지할 능력이 있기 때문이다. 자긍심은 항상 똑같은 상태로 있는 것이 아니고 성공하면, 자랑스러운 일을 하면 높아지고 실패하면 낮아진다. 자기를 어떻게 평가하느냐에 따라 달라지는 것이다. 자긍심이 높으면 작은 성패에 흔들리지 않아서 성공에도 겸손할 줄 알고 실패에도 위축되지 않고 모욕에도 격분하지 않는다. 중국 한나라의 개국공신인 한신이 젊었을 때 항상 큰 칼을 차고 다녔다. 동네 불량배가 시비를 걸어 제가랑이 밑으로 기어가라고 하였을 때 한신은 서슴지 않고 가랑이 밑으로 기어 나갔다. 한신이 공을 세우고 초왕이 되어 돌아와 그 불량배를 부하로 삼았다. '과하지욕'이라고 하는 유명한 고사다. 가랑이 밑으로 기어가게 했다고 불량배가 장수보다 나은 사람이 되지도 않고 장수가 불량배만 못한 사람이 되지도 않는다. 이것이 자긍심의 힘이다. 자긍심이 높은 사람을 자기가 대단한 사람인 양 거만하고 예민해서 작은 상처에도 견디지 못하는 자기애적 성격장애와 혼동하지 말기 바란다.

자중자애라는 말이 있다. 우리 이야기를 잘 들어주시던 은사님이 이 말을 잘 하셨다. 사춘기를 막 지난 우리는 때로 말이 지나칠 때도 있었는데 '자중자애 해야지'라고 말씀하시곤 했다. 우리는 그 말의 깊은 뜻은 잘 모르고 어른들이 한 번씩 하시는 말씀이니 위로나 경계의 말씀이라고 생각하고 지나갔다. 정신과의사로서 생각해보면 경거망동하지 말고 자기를 소중히 여기고 자기를 사랑하라 하신 것은 성숙한 초자아를 가지라, 자긍심을 가지라고 가르치는 말씀이다. 자기를 소중히 여기면 막된 행동을 하지도 않고 극단적인 선택을 하는 일도 없을 터이다. 좋은 본을 보이지 못하는 어른들도 그렇고 인격이 완성되지 않은 청소년일지라도 다른 아이들을 왕따시키고 착취하고 괴롭히기를 삼갈 것이고 자기를 사랑한다면 그 굴레에서 벗어나지 못 해 목숨을 버리는 일도 줄어들 것이다. 오늘 뉴스에서 우리나라의 자살률이 OECD 국가 중 1위라는 말을 듣고 자중자애라는 말이 마음속에 맴돈다.

상처받지 않을 힘

　박완서 작가의 단편소설 중에 '참을 수 없는 비밀'이라는 실성한 여자의 이야기가 있다. 주인공 하영이 우연히 해변에 신문지로 얼굴을 덮어놓은 시신을 발견하고는 그 앞에서 통곡을 한다. 그런데 자기와는 아무 관계도 없는 시신이라는 것을 깨닫고 황황히 그 장면을 떠난다. 오빠의 친구에게 물귀신 이야기를 했는데 그가 눈 앞에서 익사하는 장면을 보고 충격을 받아 정신이 온전치 않게 된 하영이 아무 관계도 없는 시신 앞에서 자기의 경험을 상기한 것이다.

　이렇게 마음에 상처를 받은 다음 잊지 못하고 되풀이해서 재경험하게 되는 현상은 외상후증후군의 증상이다. 사람은 보통 견딜 수 없는 것들을 의식에서 삭제해 무의식에 넣어 버리고 잊고 지내지만 이 경우에는 의식에서 삭제되지 않고 수시로 자동으로 팝업이 되면서 고통이 재연되는 것이다. 처음에는 전쟁터에서 적과 아군이 죽고 죽이는 끔찍한 경험을 한 사람들 중에서 이런 증상이 생기는 것을 보고 전쟁신경증이라고 부르기 시작했다. 그러나 이런 일은 전쟁터에서만 일어나는 예외적인 일이 아니다. 일상에서도 하영처럼 커다란 사고를 겪은 사람들에게는 일어나기 쉬운 일이어서 이제는 외상후증후군이라고 부르고 있다.

전에 치료한 여학생 한 사람도 학교에서 소풍을 갔을 때 같은 곳으로 소풍 온 다른 학교 남학생들이 떼로 몰려와 놀리는 데에 놀라 병이 났다고 했다. 어머니는 '나도 아들을 둔 어미여서 그 아이들을 크게 나무라지 않았는데 아이가 이러니 이제는 원망이 든다'면서 한숨을 쉬었다. 사춘기 아이들이 군중심리에 장난 삼아 할 법한 일이기는 하지만 여학생은 쇼크를 받아 십 년이 넘게 치료를 받고 있으니 도가 지나쳐도 많이 지나쳤던 모양이다. 병력을 들으면서 이솝우화에 개구리가 돌을 던지는 아이들에게 너희는 장난이지만 우리는 목숨을 잃을 수도 있다고 절규하는 이야기를 생각했던 기억이 난다.

남을 괴롭힌 다음 가해자는 그냥 장난일 뿐이라거나 대수롭지 않은 일로 치부하지만 피해자는 가슴 속에 응어리가 맺혀 심하면 평생토록 잊지 못하는 일이 많다. 예를 들어 어려서 자기를 성적으로 학대했던 동네 남자를 수십 년이 지나도록 잊지 못하고 있다가 복수했던 여자의 이야기는 뉴스가 되기도 했다. 가끔 보도되는 집단구타 같은 학교 폭력도 가해자들끼리는 영상을 찍어 돌려 보기도 한다지만 피해자에게는 잊기 어려운 상처가 된다. 마음의 상처가 되는 일이 따로 있는 것이 아니고 놀라는 것뿐 아니라 분노하거나 두렵거나 수치스럽거나 어떤 종류든 정서적으로 충격을 받으면 그것이 바로 상처가 된다.

외상후증후군 같이 갑자기 닥친 큰 상처만 문제가 되는 것은 아니다. 작은 상처들이 쌓여서 큰 고통이 되는 일이 더 흔하다. 엄마의 지겨운 잔소리, 공포에 떨던 아버지의 호통이나 매질, 사이가 나쁜 형제와의 다툼, 말이 통하지 않아 정서적 교감이 안 되는 배우자, 괴롭히거나 따돌리는 친구, 갑질하는 상사, 무시하는 동료, 상처가 되는 일들을 일일히 말하자면 끝이 없고 기쁨에 브레이크를 거는 일, 마음의 평온을 깨는 일은 모두 상처가 된다고 보면 된다. 사람은 상처 속에서 산다고 할만큼 삶은 상처로 가득 차있다. 물론 상처라고 다 나쁜 결과만을 가져오는 것은 아니다. 견딜 수 없는 상처가 해로울 뿐 잘 견뎌내면 상처를 견디는 힘, 마음의 균형을 잃지 않고 잃었더라도 회복할 수 있는 능력이 조금씩 늘어나게 된다.

상처를 다루는 능력은 사람마다 차이가 크다. 타고 나는 기질도 있지만 성장과정에서 경험에 따라 형성되는 뇌의 회로에 더 크게 영향을 받는다. 아기는 좋은 일이건 낮은 일이건 자극을 견딜 수 있는 범위가 좁아서 처음부터 너무 큰 자극을 주어서는 안 되고 놀라지 않게 자극의 크기를 조금씩 늘려서 종내에는 큰 자극도 견딜 수 있도록 키워야 한다. 아기가 기고 걸을 수 있게 되어 위험한 행동을 제지할 때도 마찬가지로 놀라지 않게 해야 하고 마음을 안정적으로 유지할 수 있게 도와주어야 한다. 불가피하게 강한 자극을 받았을 때 평온을 회복할 수 있게 도움을 받으면서 자라면 상처를 견디는 힘이 커지고 그런 능력을 키우지 못하면 작은 자극에도 견딜 힘을 갖추지 못한다.

아기가 부모와 함께 상처를 이겨내는 경험을 마음속에 내면화하는 것이 상처를 스스로 극복하는 힘이 되는 것이다. 아기의 마음이 평온을 잃는 것을 민감하게 알아채고 잘 달래는 부모의 양육방식이 상처에 강한 아이를 만든다.

상처를 이겨내는 힘은 매우 중요하다. 이겨내지 못한 상처들이 쌓이면 자기가 못난 사람 같은 생각을 떨쳐 버릴 수 없고 잘 해낼 수 없을 것만 같아 자신감을 잃는다. 소극적이고 위축된 모습을 보이면서 패배주의적인 성향을 가지게 되고 자긍심이 낮아진다.

험한 세상을 헤쳐 나가려면 웬만해서는 상처받지 않을 힘, 그리고 상처를 받았을 때는 새 살이 돋아나게 할 힘이 필요하다. 안 좋은 말 한 마디만 들어도 위축되고 무기력해지거나 발끈발끈 화를 내서는 곤란하다. 지나치게 예민하거나 상처를 견디는 힘이 부족하다면 마음의 상처를 다루는 정신과의사를 찾아 상담을 통해서 상처를 이길 힘을 길러야 한다.

특별히 예민한 성격이 아니더라도 너무 큰 상처를 받아서 마음을 가눌 수 없을 때에는 치료를 받아 상처를 소독하고 봉합해서 커다란 흉터가 남지 않게 해야 한다.

또한 내가 상처받기 싫다면 남에게도 상처를 주지 않도록 배려해서 좀더 살기 좋은 세상을 만들어 갔으면 좋겠다.

에필로그

Epilogue

정신과의사

나는 신경정신과 전문의사다. 지금은 신경과와 정신과가 나뉘어졌지만 내가 의과대학을 졸업하고 수련을 받던 시절에는 두 과목을 함께 수련받아서 신경정신과 전문의 자격증을 받고 진료를 하고 있다. 뇌와 정신은 구조와 기능의 관계와 같아서 함께 공부하는 것이 당연하지만 전공이 세분화되면서 갈라지게 되었다. 신경성 위장병 같이 '신경'이라는 말이 붙어있는 병들은 신경과에서 치료하고 정신병은 정신과에서 치료하는 것으로 생각하는 사람들을 아직도 흔히 볼 수 있는데 사실은 그렇지 않고 두 과가 겹치는 영역이 많지만 스트레스나 신경성 질환을 포함해서 주로 정신적 현상에서 비롯된 병을 치료하는 곳이 정신과라고 생각하면 된다.

사람을 몸과 마음으로 나누어 생각하는 이원론은 데카르트 이래 오랜 관념으로 몸은 몸대로 마음은 마음대로 따로 작동하는 것으로 생각하는 사람이 많다. 그렇게 말할 생각이 아니었는데 말이 잘못 나가는 수도 있듯이 몸 따로 마음 따로 움직이기도 하니까 우리가 몸과 마음이라는 두 가지를 합해야 한 사람이 되는 것으로 생각할 것인지 마음을 단지 몸의 한 부분으로 생각할 것인지 결정하는 것은 아직 결론이 없는 철학적인 명제다. 나아가 마음과 영혼의 관계는 철학적 종교적 명제임은 말할 나위가 없다.

의학적으로는 뇌가 온 몸에서 오는 신호들을 받아들이고 그 정보를 바탕으로 감정과 사고를 만들어 나가는 것으로 증명되어 있으니 사람의 모든 정신현상은 다 뇌의 작용이다. 이성은 머리에, 열정은 가슴에 있는 것이 아니라 모두 뇌에 있다는 말이다. 머리 끝에서 발끝까지 신경이 가 있고 그 신경들이 다 뇌와 연결되어 있으니 몸과 정신은 둘이 아니고 몸의 문제가 정신에 영향을 미치고 정신의 상태가 몸으로 표현되게 되어있다. 뇌는 오장육부와 마찬가지로 인체의 가장 중요한 장기들 중 하나고 정신현상뿐만 아니라 다른 신체적인 현상들도 일으키는 인체의 컨트롤 타워다.

사람들은 나에게 와서 여러 가지 고민을 이야기한다. 잠이 안 오니 수면제만 주면 된다고 하는 사람들도 있지만 그래도 진찰을 하려면 가슴이 뛰는지 무서워 못 하는 것이 있는지 같은 증세에서부터 특별히 괴로운 일이 있는 건 아닌지 개인적인 사정까지 듣게 되는 일이 많다. 진찰이 사람을 보면서 그의 마음에 대한 이야기를 듣는 것이니 이런 저런 사연을 많이 알게 되는데 마음의 고통은 곧바로 몸과 연결이 되어 있어 마음은 몸으로 말한다고 해도 과언이 아니다. 불면증으로 밤을 새워 수면제를 원하는 환자든 신경성 위장병으로 속이 쓰린 환자든 모두 고민을 가지고 있다. 누구나 겪는 일 정도지 별로 큰 스트레스를 받는 것도 없고 고민도 없다고 하던 사람들도 그가 하찮게 생각하던 일이 해결되면 증상이 없어지는 경우를 종종 본다.

정신과의사는 남의 고민을 듣는 의사다. 어떻게 생각하면 다 비슷비슷한 이야기들이고 사람 사는 게 다 그렇고 그렇지 라고 생각할 수도 있고 달리 생각하면 다 같은 사람인데 어찌 이리 다른지 소설보다 더 드라마틱한 이야기들일 수도 있다. 내가 무슨 이야기를 듣는지 호기심을 보이는 사람들도 있다. 그렇지만 환자에게 들은 이야기는 절대 입 밖에 내지 않는 게 직업윤리여서 호기심을 채워주기는커녕 환자의 부모가 와서 물어도 대답하지 않는다. 서른이 넘고 마흔이 가까워도 부모가 병원에 데려오는 우리나라의 현실에 맞지 않을 수도 있지만 친구에게 할 수 없는 이야기도 있고 배우자에게 할 수 없는 이야기도 있듯이 부모에게라고 예외가 아니다. 내가 말을 전한다면 누가 내게 진심을 말할 수 있겠는가. 궁금해 하고 서운해하는 부모나 배우자의 모습이 딱하지만 치료를 위해서는 딱 잘라 거절할 수 밖에 없다.

남의 이야기를 들으면 같은 고민을 하는 다른 사람들에게도 도움이 되지 않겠는가, 이름만 밝히지 않으면 누가 알겠는가 하는 사람들도 있지만 사실은 그렇게 간단하지 않다. 프로이드와 브로이어는 안나 오라는 가명을 써서 환자의 사생활을 보호하려고 했지만 한두 사람만 건너면 다 아는 사람들인 당시의 비엔나 사회에서 안나가 누구인지 정확히 짐작하는 사람들이 많았다고 한다. 우리 사회는 인구가 더 많기는 하지만 같은 문제가 없다고 할 수 없고 더 곤란한 문제는 사람 사는 게 다 비슷할 때가 많아서 가명으로 하면 자기 이야기를 썼다고 생각하는 사람들이 하나가 아니라 수도 없이 나온다는 점이다. 전에 비슷한 고민을 연달아 몇 번 질문을 받은 일이 있어서 홈페이지 게시판에 가명으로 올려 놓았다가 질문을 하지도 않았던 사람들에게까지 삭제해달라는 요구를 받은 적이 있다. 여러 사람들의 질문을 토대로 작성한 문서라고 사실대로 경위를 밝혀도 막무가내였다. 남의 이야기를 듣고 참고로 삼고 싶지만 자기 얘기는 숨기고 싶어하는 것이 보통이다. 특별한 사람의 특별한 이야기로 그친다면 흥미거리 이상의 의미를 찾기 어려우니 쓸 생각이 없다. 자기 얘기라고 생각될 때는 세상에 나 같은 사람이 여럿 있구나, 나 혼자만 그런 고민을 하는 게 아니구나 생각하면 된다. 흔한 고민을 하면서 자기 혼자만 그런 고민을 하는 줄 생각하고 심각하게 여기다가 그런 사람들이 많은 것을 알고서는 안도하는 것도 흔히 보는 모습 중 하나니까.

정신과의사하고 이야기를 한다고 무슨 도움이 되겠는가 생각하는 사람들도 많다. 옳은 말이다. 그는 세상 일을 두루 잘 아는 사람도 아니고 해결책을 내놓지 못할 때가 더 많다. 정신과의사는 마음의 상처를 치료하는 의사이다. 정신과의사가 아는 건 그런 일을 겪을 때 사람들이 어떤 고통을 받고 어떻게 그 고통을 줄일 수 있는가 하는 것이다. 그러니 나는, 안심하고 나에게 속 마음을 털어놓는 환자의 말에 귀를 기울이고 함께 고민하고 필요하면 약도 처방한다. 마음을 가누어 조금 덜 불안하고 덜 우울하고 작은 희망의 불씨가 살아나기를 바라면서. 정신과의사로서 남의 이야기를 듣는 것은, 객관적이면서도 그의 입장에 서서 듣는 것은 쉬운 일이 아니지만 나의 치료가 환자에게 작은 도움이라도 될 때 기쁨과 보람을 느낀다.

오늘도 기쁜 마음으로 돌아오게 되기를 기대하면서 나의 작은 병원을 향해 집을 나선다.

정신과의사가 들려주는 마음 이야기

상처받지 않을 힘

인 쇄	2018년 11월 05일
발 행	2018년 11월 13일

지은이	이 희
펴낸이	朴明淳

펴낸곳	문학시티
주 소	서울시 중구 창경궁로 1길 29 3F
전 화	031)283-2549
이메일	munhakmedia@hanmail.net
공급처	정은출판(02-2272-9280)

정 가	13,000원
ISBN	978-89-91733-61-9 (03810)